Goldmann Großschrift

Buch

Bertram Wooster, ein englischer Lord, wie er im Buche steht, ein bißchen spleenig, ein bißchen kauzig, ein bißchen wunderlich, aber alles in allem liebenswert.
Und Jeeves, sein diskreter, kluger, umsichtiger, um Auswege und Ausreden nie verlegener Butler.
Das ist ein Paar wie aus einer klassischen Komödie oder aus einem Slapstick-Film.
Wieder einmal verbringt Lord Wooster ein Wochenende bei seiner Tante Dahlia, zusammen mit einer Schar erlesener und extravaganter Gäste. Woosters Erstaunen ist groß, als er in Tante Dahlias Butler den berühmten Irrenarzt Sir Roderick Glossop erkennt. Aber das ist nicht das einzig Undurchsichtige an diesem Wochenende in Brinkley Court. Und wäre da nicht Jeeves, käme wohl nie Licht in die dunkle Sache…

Autor

Pelham Grenville Wodehouse wurde am 15. Oktober 1881 in Guildford/England geboren. Seit 1903 freier Schriftsteller, verbrachte er viele Jahre in den Vereinigten Staaten, wo er auf Long Island lebte; 1955 wurde er amerikanischer Staatsbürger. Er starb am 15. Februar 1975 in New York. Wodehouse schrieb im Lauf seines langen Lebens über siebzig heitere Romane und zahlreiche Kurzgeschichten, die, reich an Situationskomik, menschliche Schwächen gutmütig verspotten.

Außer dem vorliegenden Band sind von P. G. Wodehouse als Goldmann-Taschenbücher in Normalschrift lieferbar:

Fünf vor zwölf, Jeeves. Heiterer Roman (3962)
Das Mädchen in Blau. Heiterer Roman (3718)
Ohne Butler geht es nicht. Heiterer Roman (3500)
Seine Lordschaft geht aufs Ganze. Heiterer Roman (6612)
Stets zu Diensten. Heiterer Roman (3860)
Verliebt in Fräulein Doktor. Heiterer Roman (6675)
Moneten auf der Bank. Heiterer Roman (6697)

P. G. Wodehouse

Keine Ferien für Jeeves

Heiterer Roman

Wilhelm Goldmann Verlag

Aus dem Englischen übertragen
von Annemarie Arnold-Kubina
Titel der Originalausgabe: Jeeves in the Offing
Originalverlag: Barrie & Jenkins, Ltd., London

Made in Germany · 12/84 · 1. Auflage · 1115

Umschlaggestaltung: Design Team München
Umschlagfoto: Design Team München
Satz: IBV Lichtsatz KG, Berlin
Druck: Presse-Druck Augsburg
Verlagsnummer: 7232
Lektorat: Elga Sondermann
Herstellung: Sebastian Strohmaier
ISBN 3-442-07232-8

I

Jeeves stellte die brutzelnden Eier zusammen mit knusprigem Brot auf den Frühstückstisch. Reginald Herring und ich leckten uns genüßlich die Lippen, spreizten die Ellenbogen und setzten uns zum Morgenmahl. Mit Herring verband mich eine lebenslange Freundschaft, besiegelt durch unauslöschliche Erinnerungen, wie man so schön zu sagen pflegt. Wir waren vor Jahren Leidensgenossen in Malvern House, einer Privatschule in Bramley-on-Sea, die von Aubrey Upjohn M. A., dem schofligsten aller Pauker, geleitet wurde. Wie oft hatten wir beide, Seite an Seite, auf unsere sechs obligatorischen Schläge gewartet – von einem Rohrstock, der, wie Reginald immer sagte, wie eine Schlange beißen und wie eine Natter stechen konnte. Wir erduldeten sozusagen Schulter an Schulter die Märtyrerqualen des heiligen Crispinus, der, falls ich es richtig behalten habe, zu Tode geprügelt wurde.

Nachdem wir die Eier gegessen hatten und ihnen ein paar Schluck aufmunternden Kaffees hatten folgen lassen, wollte ich mich gerade der Marmelade zuwenden, als draußen das Telefon läutete. Ich ging hinaus.

»Hier bei Bertram Wooster«, sagte ich. »Wooster am Apparat. Hallo...« fügte ich hinzu, denn die Stimme, die aus der Hörmuschel dröhnte, war die meiner liebenswürdigen Tante Dahlia. »Einen fröhlichen guten Morgen, werte Ahnfrau«, sagte ich vergnügt. Denn mit Tante Dahlia Leute durchzuhecheln, war immer sehr herzerfrischend.

»Und dir ein lautstarkes Hähnekrähen, du Nichtsnutz«, erwiderte sie herzlich. »Ich bin überrascht, daß du überhaupt schon wach bist. Oder kommst du gerade erst von einem nächtlichen Saufgelage heim?«

Diese Unterstellung konnte ich nicht auf mir sitzenlassen.

»Selbstverständlich nicht, liebe Tante. Nichts dergleichen. Ich bin die ganze Woche mit den Hühnern aufgestanden, um Reginald Gesellschaft zu leisten. Er wohnt so lange bei mir, bis er seine neue Wohnung beziehen kann. Kannst du dich an ihn erinnern? Ich habe ihn einmal in den Sommerferien nach Brinkley mitgebracht. Der Kerl hat ein Blumenkohlohr.«

»Ich weiß, wen du meinst. Er sieht aus wie Jack Dempsey.«

»Das stimmt. Er sieht noch mehr nach Jack Dempsey aus als Dempsey selbst. Reginald gehört zur Redaktion der *Thursday Review*, einer Zeitschrift, die du vielleicht liest – oder auch nicht –, und er muß jeden Tag in aller Herrgottsfrühe im

Büro sein. Zweifellos wird er dich grüßen lassen, wenn ich ihm von deinem Anruf erzähle, denn er schätzt dich sehr. Die vollkommene Gastgeberin – so schwärmt er noch heute von dir. Nun, liebe Muhme, ich freue mich, deine Stimme wieder zu hören. Wie geht's zu Hause?«

»Oh, recht gut. Aber ich bin gar nicht in Brinkley Court, sondern in London.«

»Bis wann?«

»Ich fahre heute nachmittag.«

»Ich lade dich zum Mittagessen ein.«

»Tut mir leid, das geht nicht. Ich lasse mich heute von Sir Roderick Glossop aushalten.«

Das überraschte mich. Ich selbst hätte keine Neigung verspürt, mit dem berühmten Gehirnspezialisten, den sie soeben erwähnt hatte, zu speisen. Unsere Beziehung war recht förmlich – seit jener Nacht in Lady Wickhams Landhaus in Hetfordshire, als ich, angestiftet von Roberta, der Tochter der Gastgeberin, seine Wärmflasche mit einer Stopfnadel durchlöchert hatte. Völlig unbeabsichtigt, selbstverständlich. Eigentlich hatte ich es auf die Wärmflasche seines Neffen Tuppy Glossop abgesehen gehabt, mit dem ich in Fehde lag; aber mir war leider entgangen, daß die beiden die Zimmer getauscht hatten. Das Ganze war lediglich ein unglückliches Mißverständnis.

»Warum um alles in der Welt tust du dir das an?«

»Warum sollte ich nicht? Schließlich zahlt er.«

Ich kannte ihre Devise: Ein Penny gespart ist ein Penny verdient. Dennoch hielt meine Überraschung an. Ich war höchst erstaunt, daß Tante Dahlia, die ich für eine sehr selbständige Person hielt, sich ausgerechnet jenen bekannten Irrenarzt ausgesucht hatte, um mit ihm ein Kotelett zu verdrücken. Allerdings lernt man ja von klein auf, daß Tanten völlig unberechenbar sind, und so zuckte ich nur ergeben mit den Schultern.

»Nun, Tante Dahlia, das ist deine Angelegenheit, wenn ich es auch nicht ganz verstehe. Bist du nur nach London gekommen, um mit Glossop zu essen?«

»Nein, ich bin hier, um meinen neuen Butler abzuholen.«

»Einen neuen Butler? Was ist aus Seppings geworden?«

»Er ist von uns gegangen...«

Ich war sprachlos. Schließlich mochte ich den fraglichen Majordomus, mit dem ich so manches Gläschen Portwein geleert hatte, und diese Nachricht stimmte mich traurig.

»Nein, wirklich?« fragte ich. »Schlimm. Er sah neulich schon so kränklich aus. Nun, das ist der Lauf der Welt. Alles ist vergänglich, sage ich immer.«

»...um sich in Bognor Regis von meinem strapaziösen Haushalt zu erholen.«

Ich atmete erleichtert auf.

»Ach so. Das ist natürlich etwas anderes. Lästig, wie heutzutage all jene bewährten Stützen eines ordentlichen Haushalts wie auf Kommando das Weite suchen. Mir kommt dieser neumodische Urlaubsrummel vor wie die großen Völkerwanderungen im Frühmittelalter. Jeeves geht heute ebenfalls in Urlaub. Er fährt nach Herne Bay zum Garnelenfang. Ich fühle mich wie Pat ohne Patachon – oder wie immer die zwei Unzertrennlichen heißen mögen. Ich weiß nicht, was ich ohne ihn tun soll.«

»Das kann ich dir ganz genau sagen. Hast du ein sauberes Hemd?«

»Mehrere.«

»Und eine Zahnbürste?«

»Zwei sogar. Beide sind von hervorragender Qualität.«

»Dann pack sie ein. Du kommst morgen nach Brinkley Court.«

Der Trübsinn, in den ich alljährlich verfiel, wenn Jeeves' Ferienzeit nahte, war plötzlich wie weggeblasen. Kaum etwas bereitete mir mehr Vergnügen als ein Aufenthalt in Brinkley Court, Tante Dahlias Landhaus in Market Snodsbury, das über etliche Annehmlichkeiten verfügte: eine malerische Umgebung, Sandboden, Kanalisation, eigene Trinkwasserversorgung und vor allem die Künste ihres französischen Kochs Anatol – ein Geschenk des Himmels für die Magensäfte. Mit ihm hatte Tante Dahlia das große Los gezogen.

»Eine vortreffliche Idee!« rief ich begeistert. »Das löst meine Probleme und verscheucht meine trüben Gedanken. Du wirst mich morgen nachmittag in meinem niedlichen Sportwagen anrollen sehen – mit Schleifchen im Haar und einem Lied auf den Lippen. Meine Anwesenheit wird Anatol ganz sicher zu neuen Meisterschöpfungen inspirieren. Werden noch andere Herrschaften die alte Schlangengrube beehren?«

»Fünf doppelzüngige Geschöpfe, alles in allem.«

»Fünf?« wiederholte ich ungläubig. »Donnerwetter! Onkel Tom wird vor Wut schäumen«, fügte ich noch hinzu, denn ich kannte die Abneigung, die Thomas Portarlington Travers gegen Gäste hegte. Ein einzelner Besucher am Wochenende genügte oft schon, um ihn zu verstimmen.

»Tom wird nicht da sein. Er ist mit Pudding in Harrogate.«

»Du meinst wohl mit Hexenschuß?«

»Nein, ich meine nicht Hexenschuß, sondern Pudding – Homer Pudding. Ein schwerreicher Amerikaner, der sich hier an der Küste herumtreibt. Er leidet an einem Geschwür, und sein Medizinmann hat ihm die köstlichen Quellen von Harrogate empfohlen. Tom begleitet ihn, hält ihm wohl zum Trost die Hand. Das gesunde Wasser soll gräßlich schmekken.«

»Antagonistisch.«

»Was?«

»Ich meine altruistisch. Vielleicht kennst du dieses schöne Wort nicht, ich habe es jedenfalls schon oft aus dem Munde meines lieben Butlers Jeeves gehört. Es handelt sich dabei um eine Eigenschaft, die man einem Menschen nachsagt, der selbstlos handelt – ohne auf eigenen Profit zu schauen.«

»Selbstlos handelt, daß ich nicht lache! Tom steht vor einem großen Geschäftsabschluß mit Pudding. Wenn es klappt, hat er einen hübschen einkommensteuerfreien Nebenverdienst. Er hängt an Puddings Rockschoß wie ein Double an seinem Hollywoodstar.«

Ich nickte einsichtig, völlig sinnloserweise, denn Tante Dahlia konnte mich ja nicht sehen. Die Denkvorgänge im Hirn meines angeheirateten Onkels verstand ich sehr gut. Travers war ein Mann, der die Silberlinge in Säcken hortete und sich über jedes kleine Geldstückchen, das er außerdem noch hinter einen gewissen Ziegel am Kamin scheffeln konnte, wie ein Kind freute. Und wenn er obendrein an der Steuer sparen konnte, so war es ihm besonders recht. Er mißgönnte der Regierung jeden einzelnen Penny, den sie ihm abzwackte.

»Tom trug mir beim Abschied auf, Mrs. Pudding und ihren Sohn Willie wie Königliche Hoheiten zu behandeln. Die beiden fühlen sich in Brinkley Court schon wie zu Hause.«

»Willie, sagtest du?«

»Ja. Das ist eine Kurzform von Wilbert.«

Ich überlegte. Willie Pudding. Der Name kam mir bekannt vor. Entweder hatte ich ihn schon einmal gehört oder in der Zeitung gelesen. Ich konnte mich nicht mehr erinnern.

»Adela Pudding schreibt Kriminalromane. Hast du schon etwas von ihr gelesen? Nein? Dann kannst du es gleich nach deiner Ankunft in Brinkley Court nachholen. Ich habe mir eine Gesamtausgabe ihrer Werke besorgt. Du weißt, wie eitel Schriftsteller sind, und Adela Puddings Romane sind wirklich nicht schlecht.«

»Welch verlockende Aussichten«, erwiderte ich und meinte es ehrlich, denn ich las mit Begeisterung Kriminalromane. »Auf ein paar Leichen mehr kommt es mir nicht an. Ich vermute wohl richtig, daß die beiden Puddings morgen dabeisein werden. Wer sind die anderen drei?«

»Zunächst einmal Lady Wickhams Tochter Roberta.«

Ich war entsetzt.

»Was! Bobbie Wickham? Ach du meine Güte!«

»Warum die Aufregung? Kennst du sie überhaupt?«

»Und wie ich sie kenne.«

»Ich verstehe. Sie gehört zur Schar deiner ehemaligen Verlobten.«

»Nein, verlobt waren wir bis jetzt noch nicht, aber das lag nicht an mir.«

»Hat sie dir einen Korb gegeben?«

»Ja, gottlob.«

»Warum gottlob? Sie ist eine Schönheit.«

»Eine Augenweide. In der Beziehung stimme ich dir zu.«

»Ein rasantes Mädchen.«

»Ganz recht. Aber herzlos.«

»Ist sie nicht die Tochter ihrer Mutter?«

»Keineswegs. Sie ist noch viel schlimmer. Ich könnte dir Dinge erzählen... Aber lassen wir das. Es ist mir zu peinlich.«

Ich hätte siebenundfünfzig Gründe aufzählen können, warum es für meinen Seelenfrieden besser war, der rothaarigen Schönheit aus dem Wege zu gehen, aber ich dachte an mein unvollendetes Frühstück und verzichtete deshalb auf eine ausführliche Schilderung von Roberta, genannt Bobbie, Wickham.

Tante Dahlia hatte recht, wenn sie Roberta als eine Schönheit bezeichnete. Strahlend blaue Augen, feuerrotes Haar und atemberaubende Kurven waren ihre heimtückischen Waffen, die jeden Mann zum Narren werden ließen. Ihr ungezügeltes Temperament und ihr Einfallsreichtum schüchterten mich ein. Ich hatte in ihrer Nähe das Gefühl, neben einer tickenden Zeitzünderbombe zu sitzen, die jeden Moment explodieren konnte. Dabei waren ihre Einfälle stets originell, und niemand hätte voraussagen können, was sie im nächsten Augenblick wieder aushecken würde.

»Miss Wickham, Sir«, hatte mich Jeeves einmal gewarnt, als ich noch in sie verliebt war, »Miss Wickham ist in äußerstem Grade unseriös. Sie ist eine flatterhafte und frivole Person. Als Partnerin fürs Leben würde ich von einer jungen Dame mit einer derart auffälligen Haarfarbe abraten.«

Jeeves hatte völlig recht. Ich erwähnte bereits die Geschichte von Sir Rodericks Wärmflasche. Es war Robertas Idee, die ich wie ein Trottel in die Tat umgesetzt hatte. Aber das war harmlos verglichen mit ihren sonstigen Einfällen. Kurz gesagt, dieses Mädchen, Tochter des verstorbenen Sir Cuthbert und von Lady Wickham, war reinstes Dynamit. Auf jeden Fall war sie keine Partnerin für einen Mann, der sich nach einem Leben in friedvoller Muße sehnte. Die Vorstellung, Roberta am nächsten Tag in Tante Dahlias Landhaus wiederzubegegnen, ihrem Unternehmungsgeist ausgeliefert zu sein, verschreckte mich völlig.

Aber meine liebe Tante beschränkte sich selten auf eine böse Überraschung allein. Ich hatte mich kaum von der ersten Hiobsbotschaft erholt, als mich die zweite traf.

»Außerdem werden uns Aubrey Upjohn und seine Stieftochter Phyllis Mills beehren«, verkündete Tante Dahlia. »Damit wären wir dann vollzählig. Was ist los mit dir? Hast du Asthma?«

Ich hatte mich in der Aufregung verschluckt, hustete, bis mir die Tränen in die Augen traten, und rang nach Luft. Das konnte Tante Dahlia mir doch nicht antun! Ich konnte es noch immer nicht fassen. Dabei fiel mir ein, was Reginald am Ende unserer Schulzeit gesagt hatte:

»Du weißt, Bertie, was wir dieser Schule alles verdanken. Wie rauh unser künftiges Leben auch sein mag, wir werden es mit stoischer Ruhe ertragen. Ob Stürme tosen und schwarze Wolken den Himmel verhüllen, ob wir auf einen Nagel treten oder ohne Schirm im Regen stehen, wir werden immer Trost in dem Gedanken finden, daß wir Pauker Aubrey Upjohn nie wiedersehen müssen. Denke immer daran, wenn du in der Klemme bist.«

Das war damals. Und jetzt wagte es dieser Prolet, sich in meine Kreise zu drängen.

»Aubrey Upjohn?« stammelte ich. »Du meinst meinen früheren Lehrer Upjohn?«

»Ganz richtig, den meine ich. Kurz nachdem du die Schule verlassen hattest, heiratete er Jane Mills, eine meiner reichsten Freundinnen. Sie starb und hinterließ eine Tochter aus erster Ehe. Das ist Phyllis Mills. Ich bin ihre Taufpatin. Upjohn hat sich aus dem Schuldienst zurückgezogen, und man munkelt, daß er bei der nächsten Wahl für die konservative Partei kandidieren wird. Es muß aufregend für dich sein, ihn wiederzusehen. Oder fürchtest du dich etwa?«

»Natürlich nicht. Ich bin schließlich ein Wooster. Aber warum um alles in der Welt hast du ihn nach

Brinkley Court eingeladen?«

»Ich habe nicht ihn eingeladen, sondern Phyllis, mein Patenkind. Er ist einfach mitgekommen.«

»Du hättest ihn hinauswerfen sollen.«

»Dazu fehlte mir der Mut.«

»Schwach, sehr schwach.«

»Nebenbei gesagt, kommt er mir sehr gelegen. Er soll in der Höheren Schule von Market Snodsbury die diesjährigen Schulpreise verleihen. Ich habe sonst niemanden, der diese ehrenvolle Aufgabe übernehmen könnte. Da die Preise, wie üblich, nicht sehr üppig ausfallen werden, brauchen wir jemanden, der eine schöne Rede über Ideale und Gott und die Welt hält. Ich glaube, daß Upjohn ein ganz guter Redner ist. Sein einziges Problem ist, daß er nur sprechen kann, wenn er die ganze Rede ausgearbeitet und fix und fertig vor sich liegen hat. Das nennt er seine kleinen Notizen. Phyllis hat es mir erzählt. Sie muß den ganzen Sermon für ihn tippen.«

»Ein mieser kleiner Trick«, sagte ich streng. »Auch ich bin keine Intelligenzbestie, und meine öffentlichen Auftritte hielten sich bislang in bescheidenen Grenzen. Aber ich würde es nicht wagen, vor einem Dorfpublikum ›Bruder Jakob‹ vorzutragen, ohne den Text auswendig gelernt zu haben. Dabei besteht ein Teil des Liedes noch aus ›ding, dang, dong‹. Kurz...«

Ich hätte das Thema Upjohn noch weiter ausgeführt, aber Tante Dahlia schnitt mir das Wort ab, ermahnte mich freundlich, auf keiner Bananenschale auszurutschen, und hängte ein.

2

Meine Füße waren schwer wie Blei, als ich zum Frühstückstisch zurückging. Das waren ja schöne Aussichten! Bobbie Wickham mit ihrer Vorliebe für ausgefallene Streiche hätte mir weiß Gott schon gereicht. Aubrey Upjohn ebenfalls unter den Gästen zu wissen, war niederschmetternd. Ich weiß nicht, ob Reginald meine skeptisch hochgezogene Augenbraue bemerkte, als ich mich wieder zu ihm setzte. Jeeves jedenfalls hätte meinen Gesichtsausdruck sofort richtig gedeutet. Reginald aber schien nur Augen und Mund für seinen Marmeladentoast zu haben und leider keinen Blick für das drohende Unheil, das mir bevorstand.

»Reginald, das war Tante Dahlia«, sagte ich beklommen.

»Gottes reichsten Segen für die fidele alte Dame«, erwiderte er munter. »Sie ist ein Prachtexemplar von Tante. Ich werde die glücklichen Ferien in Brinkley Court nie vergessen und jederzeit wieder hinfahren, wenn sie mich einladen sollte. Ist sie in London?«

»Bis heute nachmittag.«

»Wir laden sie feudal zum Essen ein, abgemacht?«

»Nein, sie ist bereits eingeladen. Sie wird sich von Sir Roderick Glossop, dem Irrenarzt, verwöhnen lassen. Ich glaube, du kennst ihn nicht.«

»Nein, nur aus deinen Erzählungen. Ein hartnäkkiger Bursche, nehme ich an.«

»Das kann man wohl sagen.«

»War er nicht der Kerl, der die vierundzwanzig Katzen in deinem Schlafzimmer gefunden hat?«

»Dreiundzwanzig«, verbesserte ich ihn, denn ich mag keine Ungenauigkeiten. »Das waren selbstverständlich nicht meine Katzen. Meine beiden ungezogenen Cousins, Claude und Eustace, hatten die Viecher dort eingesperrt. Aber ich konnte Glossop die Anwesenheit der Katzen nicht erklären. Er ist ein schlechter Zuhörer. Hoffentlich kommt er nicht auch nach Brinkley Court.«

»Du fährst nach Brinkley Court?«

»Ja, morgen nachmittag.«

»Das wird ein Spaß für dich werden.«

»Das denkst du. Ich bin in diesem Fall gar nicht deiner Meinung.«

»Du bist ja verrückt. Denk an Anatol, an seine berühmten Gerichte! Kennst du den Namen der Fee, die untröstlich vor den Toren des Paradieses stand?«

»Jeeves erwähnte sie einmal.«

»Genauso fühle ich mich, wenn ich an Anatols Kochkünste denke. Wenn ich mir überlege, daß er jeden Abend diese Köstlichkeiten serviert, könnte ich verrückt werden. Wie kommst du darauf, daß es diesmal kein Vergnügen wird? Brinkley Court ist der Himmel auf Erden.«

»In mancher Hinsicht ja. Aber im Moment überwiegen die Nachteile. Krethi und Plethi scheinen unser geliebtes Brinkley Court zu bevölkern. Was meinst du wohl, wem ich diesmal dort begegnen werde? Du errätst es nie: Aubrey Upjohn.«

Es war mir gelungen, Reginald zu überraschen. Er blickte mich erstaunt an und vergaß zu schlucken.

»Der alte Upjohn? Du scherzt.«

»Nein, ganz und gar nicht. Er selbst in Lebensgröße, kein Foto von ihm. Dabei kommt es mir so vor, als ob es erst gestern gewesen wäre, daß du mir gesagt hast, ich müßte ihn nie wiedersehen. ›Ob Stürme tosen und schwarze Wolken den Himmel verhüllen ...‹ So war es doch, wenn du dich recht erinnerst.«

»Aber wie kommt er zu einer Einladung nach Brinkley Court?«

»Das habe ich Tante Dahlia auch gefragt, und sie erklärte es mir. Er hat kurz, nachdem wir seinen Klauen entronnen sind, eine reiche Freundin meiner Tante geheiratet, die eine Tochter in die Ehe mitbrachte. Diese heißt Phyllis Mills und ist ein Patenkind von Tante Dahlia. Eingeladen ist eigentlich nur Phyllis, aber Upjohn kommt mit.«

»Kein Wunder, daß du wie Espenlaub zitterst.«

»Wenn auch nicht gerade wie Espenlaub... Aber ganz wohl ist mir wirklich nicht in meiner Haut. Wenn ich an dieses ekelhafte Fischauge denke...«

»Und seine nackte Oberlippe. Es ist nicht unbedingt erfreulich, ihm bei Tisch gegenüberzusitzen. Aber Phyllis wird dir gefallen.«

»Du kennst sie?«

»Ja, ich habe sie letztes Jahr Weihnachten in der Schweiz kennengelernt. Grüße sie ganz herzlich von mir. Sie ist ein nettes Mädchen, wenn auch ein bißchen dumm. Übrigens hat sie mir gar nicht erzählt, daß Upjohn ihr Stiefvater ist.«

»Das kann ich mir vorstellen. So einen Verwandten verheimlicht man lieber.«

»Na klar. Einen Mörder in der Familie würde man ja auch verschweigen. Weißt du noch, wie er uns arme Pennäler damals mit Abfall gefüttert hat? Erinnerst du dich noch an die eigenartigen Würstchen, die es jeden Sonntag gab? Und an das gekochte Hammelfleisch mit Kapernsauce?«

»Pfui Teufel. Und dann diese scheußliche Margarine! Ich werde daran denken und mich zu Tode ekeln, wenn ich mit ansehen muß, wie er sich die gute Landbutter bei Tante Dahlia pfundweise aufs Brot streicht. Oh, Jeeves«, rief ich meinem Butler zu, der gerade hereinkam, um den Tisch abzuräumen. »Sie haben nie eine gewisse Privatschule an der Südküste Englands besucht, nicht wahr?«

»Nein, Sir, ich hatte Privatunterricht.«

»Dann können Sie uns nicht verstehen. Mr. Herring und ich frischen gerade alte Schulerinnerungen auf und sprechen über unseren früheren Pauker Aubrey Upjohn. Übrigens, Reginald, Tante Dahlia hat mir etwas von ihm erzählt, was ihn bei allen Leuten mit Geist suspekt erscheinen läßt. Erinnerst du dich an seine wortgewaltigen Reden, die er zu jedem Jahresabschluß schwang? Er hätte sie nie halten können, wenn er nicht jedes einzelne Wort vorher aufgeschrieben hätte, so daß er im Notfall auch hätte ablesen können. Ohne diese ›kleinen Notizen‹, wie er sein Elaborat nennt, wäre er hilflos. Das ist doch blamabel, nicht wahr, Jeeves?«

»Viele Redner teilen diese kleine Schwäche mit ihm, Sir.«

»Sie sind zu tolerant, Jeeves, viel zu tolerant. Hüten Sie sich vor einer solchen Einstellung. Der Grund, weshalb ich Upjohn erwähne, ist die Tatsache, daß er sich auf unangenehme Weise in mein Leben drängt. Er hält sich gerade in Brinkley Court auf, und ich muß morgen hinausfahren. Tante Dahlia hat angerufen. Sie wünscht meine Anwesenheit. Könnten Sie bitte meinen Koffer packen?«

»Selbstverständlich, Sir.«

»Wann wollten Sie zu Ihrem Garnelenabenteuer nach Herne Bay aufbrechen?«

»Eigentlich hatte ich vor, den Zug heute vormittag zu nehmen, Sir, aber wenn es Ihnen lieber ist, bleibe ich noch bis morgen…«

»Nein, nein. Das ist nicht nötig. Fahren Sie nur heute.«

»Danke, Sir«, sagte Jeeves und verließ uns.

»Warum lachst du?« fragte ich meinen Freund, nachdem Jeeves die Tür geschlossen hatte. Reginald kicherte in sich hinein, und das mit vollem Mund.

»Ich mußte gerade an Upjohn denken«, erwiderte er und schmunzelte.

Ich war erstaunt. Ich konnte nicht glauben, daß jemand, der die schreckliche Zeit in Malvern House miterlebt hatte, darüber lachen konnte. So etwas bringen nur Leute fertig, die sich im Kino über die Invasion der Marsmenschen freuen.

»Ich beneide dich, Bertie«, sagte Reginald und kicherte wieder. »Dir steht ein wunderbares Erlebnis bevor. Du wirst am Frühstückstisch sitzen, wenn Upjohn die nächste Ausgabe der *Thursday Review* aufschlagen und die Literaturseiten nach Buchrezensionen absuchen wird. Du mußt nämlich wissen, daß uns neulich ein schmales Bändchen über unser hervorragendes Erziehungssystem zur Rezension eingeschickt wurde. Die Privatschulen werden darin besonders gerühmt. Der Verfasser ist, du wirst es nicht glauben, ein gewisser Aubrey Upjohn, M. A. Die Jahre, die ein Schüler in einer Privatschule verbringt, sollen zu den glücklichsten seines Lebens gehören.«

»Donnerwetter!«

»Er konnte nicht ahnen, daß sein Machwerk ausgerechnet einem ehemaligen Schüler von ihm zur Besprechung gegeben würde. Aber wie das Leben nun einmal spielt... Ich sag' dir eins, Bertie, werde nie so ein Schwein wie Upjohn, es rächt sich früher oder später. Ich habe sein Buch völlig verrissen. Die Erinnerung an jene sonntäglichen Essen hielt mich dabei in der rechten Laune. Der gute alte Juvenal hätte seine wahre Freude gehabt.«

»Wer?«

»Niemand, den du kennst. Ein römischer Satiriker, dessen Feder von seinen Zeitgenossen gefürchtet war. Normalerweise wäre Upjohns Buch mit einer Meldung von zwei Zeilen unter der Rubrik ›Außerdem sind erschienen‹ abgetan worden. Aber ich habe sechshundert bitterböse Worte über sein schwachsinniges Buch verloren. Du hast ein Glück, daß du sein langes Gesicht beobachten kannst, wenn er sie liest.«

»Woher willst du wissen, daß er sie liest?«

»Er ist Abonnent. Ich habe im Vertrieb nachgefragt. Er bezieht die Zeitschrift seit mehreren Jahren.«

»Wird die Rezension unter deinem richtigen Namen erscheinen?«

»Nein, wir haben einen einsichtigen Verleger.«

»Und dein Artikel ist wirklich ein Knüller?«

»Das will ich wohl meinen. Also, beobachte ihn scharf, wenn du mit ihm am Frühstückstisch sitzt. Er wird bestimmt rot wie eine Tomate.«

»Der Haken bei der Sache ist, daß ich in Brinkley Court nie zum Frühstück hinuntergehe. Aber ich werde versuchen, daß es mir diesmal gelingt.«

»Du wirst sehen, daß das Sprichwort von der Morgenstunde mit dem Gold im Munde manchmal stimmt. Deine Mühe wird hinlänglich belohnt werden«, sagte Reginald und verabschiedete sich dann schnell, um ins Büro zu fahren.

Bald nachdem Reginald aufgebrochen war, kam Jeeves wieder herein, den steifen Filzhut in der Hand, um auf Wiedersehen zu sagen. Ein feierlicher Augenblick, der unsere Selbstbeherrschung immer aufs höchste beanspruchte. Doch wir bewahrten Haltung, und als Jeeves sich zurückziehen wollte, fiel mir ein, daß er etwas über Wilbert Pudding, von dem Tante Dahlia gesprochen hatte, wissen könnte. Jeeves war meist bestens informiert.

»Oh, Jeeves, haben Sie noch eine Minute Zeit?« fragte ich.

»Sir?«

»Ich möchte Sie noch gern etwas fragen. Unter den Gästen in Brinkley Court werden die Frau eines amerikanischen Geschäftsmannes, eine Mrs. Homer Pudding, und ihr Sohn Wilbert sein. Wilbert, genannt Willie, Pudding. Ich denke bei diesem Namen an unsere gemeinsamen Reisen nach New York. Aber ich kann mich nicht mehr erinnern, wann, wo und in welchem Zusammenhang ich ihn gehört habe. Fällt Ihnen etwas ein?«

»Ja, Sir. Über jenen besagten Herrn berichten regelmäßig die Klatschspalten der New Yorker Zeitungen. Er ist unter dem Spitznamen ›Broadway-Willie‹ bekannt.«

»Natürlich. Jetzt erinnere ich mich wieder. Er ist ein bekannter Playboy.«

»Ganz richtig, Sir. Berüchtigt wegen seiner Extravaganzen.«

»Ach ja, er ist der Bursche, der in Nachtklubs Stinkbomben losgehen läßt. Wenn er zur Bank geht, um einen Scheck einzureichen, dann meistens mit vorgehaltener Pistole, um einen Überfall vorzutäuschen.«

»Und... Nein, bedaure, Sir, es ist mir wieder entfallen.«

»Was denn?«

»Ich weiß es nicht mehr. Irgend etwas, was man mir von Mr. Pudding erzählte. Falls es mir wieder einfällt, trete ich mit Ihnen in Verbindung.«

»Ja, tun Sie das, bitte. Ich möchte gern ein vollständiges Bild von dem Knaben haben. Oh, verdammt!«

»Sir?«

»Nichts, Jeeves. Mir kam nur gerade ein Gedanke. Schon gut, fahren Sie nur, sonst verpassen Sie Ihren Zug. Petri Heil beim Garnelenfang.«

Eigentlich hatte ich Jeeves einweihen wollen, wie schlimm es um meinen Seelenfrieden stand. Ein Treffen mit Bobbie Wickham und Aubrey Upjohn war schon anstrengend genug. Daß ich es aber noch mit einem New Yorker Playboy, der mit einer Pistole im Gürtel herumlief, zu tun haben würde, sah nach einem Mehrfrontenkrieg aus, dem ich unter Umständen nicht gewachsen sein würde. Am liebsten hätte ich Tante Dahlia ein Telegramm geschickt und mich entschuldigt, daß ich leider nicht kommen könnte.

Aber dann erinnerte ich mich an Anatols kulinarische Köstlichkeiten und fühlte mich wieder etwas besser. Kein Gourmet der Welt hätte freiwillig auf die Spezialitäten dieses Meisterkochs verzichtet. Was immer mir in Brinkley Court an Widerwärtigkeiten begegnen sollte, die leckeren Gerichte aus Anatols Hexenküche würden mir über manches Ungemach hinweghelfen. Allerdings muß ich gestehen, daß ich die bevorstehenden Ereignisse keineswegs ruhig und gelassen auf mich zukommen ließ. Ich war überaus gereizt, und als ich mir eine Zigarette anzündete, zitterte meine Hand.

Plötzlich läutete das Telefon und schreckte mich aus meinen düsteren Gedanken auf.

Als ich den Hörer abnahm und mich meldete, hörte ich am anderen Ende die Stimme eines Mannes, die eines Butlers, wie mir schien.

»Mr. Wooster?«

»Am Apparat.«

»Guten Morgen, Sir. Lady Wickham möchte mit Ihnen sprechen, Sir. Hier ist Mr. Wooster, Mylady.«

Bobbies Mutter kam ans Telefon.

Während der wenigen Worte, die ich mit dem Butler gewechselt hatte, hörte ich im Hintergrund ein herzzerreißendes Schluchzen, das jetzt in voller Lautstärke durch die Hörmuschel drang. Zweifellos handelte es sich um Lady Wickham, die hemmungslos ins Telefon weinte.

Ich wartete geduldig, daß sie ihr Anliegen in Worte kleidete, und rätselte indessen, warum mich diese Frau wohl anrief und warum sie dabei schluchzte.

Am meisten erstaunte mich die Tatsache, daß sie mich überhaupt anrief. Seit jener Affäre mit der Wärmflasche waren meine Beziehungen zu Lady Wickham einigermaßen gespannt, und ich wußte von Bobbie, die mir all die bösen Worte ihrer Mutter wiedererzählt hatte, was sie von mir hielt: nämlich gar nichts. Und das konnte ich verstehen. Schließlich liebt es keine Gastgeberin, wenn ein junger Freund ihrer Tochter Wärmflaschen honoriger Gäste durchsticht und nachts um drei, ohne sich zu verabschieden, das Weite sucht. Ja, ich konnte ihre Gefühle verstehen, und deshalb fand ich es um so außergewöhnlicher, daß sie sich mit ihrem Kummer ausgerechnet an mich wandte. Ich hätte gemeint, sie würde meine Nummer nicht einmal mit einer Mistforke wählen.

Es bestand aber kein Zweifel, daß sie mich zu sprechen wünschte.

»Mr. Wooster?«

»Hallo, Lady Wickham.«

»Sind Sie am Apparat?«

Diese Frage wollte ich noch unbeantwortet lassen, zumal Lady Wickham wieder schluchzte. Dann hörte ich ihre heisere, tränenerstickte Stimme, die klang, als hätte sie eine Fischgräte verschluckt.

»Stimmt diese entsetzliche Nachricht?«

»Wie bitte?«

»Ach du meine Güte! Ach du meine Güte!«

»Ich verstehe nicht, was Sie meinen.«

»Heute morgen in der *Times*.«

Scharfsinnig, wie ich nun einmal bin, kam mir sofort der Gedanke, daß irgend etwas an diesem Morgen in der *Times* stand, was Lady Wickham aus irgendeinem Grund beunruhigte. Weshalb sie aber gerade mich deswegen anrief, konnte ich beim besten Willen nicht erraten. Ich wollte dieses Rätsel lösen und sie in diesem Sinne fragen, als sie plötzlich wie eine Hyäne aufkreischte. Mir kam es so vor, als hätte die Dame einen Anfall von Hysterie erlitten. Dann hörte ich ein dumpfes Geräusch, als wäre ein schwerer Körper zu Boden gefallen. Ich lauschte neugierig und hörte nach kurzer Zeit die Stimme des Butlers.

»Mr. Wooster?«

»Noch am Apparat.«

»Lady Wickham ist ohnmächtig geworden.«

»Dann war sie es, die gerade hinfiel?«

»Ganz recht, Sir. Danke, Sir. Auf Wiedersehen.«

Er hängte ein, um seinen Butlerpflichten nachzukommen, die in dem Fall wohl darin bestanden, seiner ohnmächtigen Herrin das Korsett zu lockern und Hühnerfedern unter ihrer Nase abzubrennen. Ich selbst war von der weiteren Entwicklung am Kampfplatz ausgeschlossen und durfte versuchen, dieses seltsame Ereignis allein zu deuten.

Am sinnvollsten erschien es mir, zuerst einen Blick in die genannte Tageszeitung zu werfen. Vielleicht kam ich damit dem Geheimnis auf die Spur. Ich gehörte nicht zum Leserkreis der *Times*, sondern bevorzugte als Frühstückslektüre den *Mirror* und die *Mail*. Aber Jeeves hatte die *Times* abonniert, und ich lieh sie mir manchmal aus, um das Kreuzworträtsel zu lösen. Ich ging also in die Küche, wo Jeeves die Zeitung zum Glück hatte liegenlassen, nahm das Exemplar an mich und setzte mich im Wohnzimmer in einen gemütlichen Sessel. Dann zündete ich mir eine Zigarette an und befaßte mich mit dem Inhalt des Blattes.

Zunächst überflog ich die Schlagzeilen, von denen keine so sensationell war, daß sie eine Ohnmacht hätte bewirken können. Irgendeine Herzogin eröffnete in Wimbledon einen Wohltätigkeitsbasar, und der Wirtschaftsminister äußerte sich über die Probleme der Baumwollindustrie. Ein Artikel befaßte sich mit dem Lachsfang, ein anderer berichtete von dem Diebstahl grünkarierter Hosen. Keine der

Meldungen erschien mir so aufregend, daß eine Frau deswegen das Bewußtsein verlieren mußte. Ich schlug die Sportnachrichten auf. Sollte vielleicht einer von Lady Wickhams Freunden im Kricket verloren haben, und das wegen einer Fehlentscheidung des Schiedsrichters?

Dann wandte ich mich den Gesellschaftsanzeigen zu. Kaum hatte ich die Geburten und Eheschließungen studiert, als mein Blick auf die Verlobungen fiel. Ich schoß in die Höhe, wie von der Tarantel gestochen.

»Jeeves!« schrie ich in meiner Not. Doch dann erinnerte ich mich, daß er abgereist war. Meine Lage war trostlos. Wenn es je eine Gelegenheit gegeben hatte, in der ich Jeeves' Rat brauchte, so war es diese. Hilflos vergrub ich mein Gesicht in den Händen und fluchte leise. Wenn diese Reaktion auch nicht sehr heldenhaft war, so meine ich doch, daß der werte Leser Verständnis aufbringen wird, wenn er den Wortlaut der unheilvollen Anzeige erfährt.

IHRE VERLOBUNG GEBEN BEKANNT

Bertram Wilberforce Wooster,
Berkeley Mansions, London WL,
und Roberta Wickham,
Tochter des verstorbenen Sir Cuthbert
und Lady Wickham,
Skelding Halls, Hertfordshire

3

Wie ich schon sagte, hatte ich früher, als ich noch von ihrer Schönheit gefesselt war, des öfteren an eine solche Verbindung mit Roberta Wickham gedacht. Aber jedesmal, wenn ich mich zu einem Heiratsantrag aufraffte, lachte sie mich auf ihre herzlose Art aus, so daß ich mir wie der dümmste aller Trottel vorkam. Als ich nun die Verlobungsanzeige in der *Times* las, mußte ich annehmen, daß Roberta einen Gesinnungswandel durchgemacht und sich eines besseren besonnen hatte. Vielleicht war es mir nur entgangen, daß sie im stillen auf mein Werben eingegangen war und irgendwann einmal einen meiner Heiratsanträge mit einem leise gemurmelten ›Ja‹ beantwortet hatte. Allerdings hatte ich nicht die geringste Ahnung, wann das stattgefunden haben könnte.

Den verworrenen Umständen entsprechend, sah ich am nächsten Nachmittag einigermaßen mitgenommen aus, als ich mit meinem Sportwagen in Brinkley Court vorfuhr. Ich hatte dunkle Ringe unter den Augen, und mein Gehirn arbeitete fieberhaft, um das Rätsel zu lösen.

Meine vordringlichste Aufgabe bestand darin, mit meiner Verlobten Kontakt aufzunehmen, um herauszufinden, was sie zur Klärung der Situation beitragen konnte.

Wie es einem in Landhäusern an schönen Sommertagen zu gehen pflegt, traf ich zunächst keine Menschenseele.

Normalerweise hätte man um diese Zeit erwarten dürfen, daß sich die Bewohner allmählich zum Tee einfanden, aber ich sah niemanden, der mir hätte sagen können, wo sich Bobbie möglicherweise aufhielt. Also strolchte ich auf gut Glück durch die Parkanlagen, in der Hoffnung, sie irgendwo zu entdecken. Eine Meute Spürhunde wäre dabei sehr nützlich gewesen, denn der Besitz der Travers war sehr ausgedehnt, und die Sonne geizte nicht mit ihren Strahlen.

Ich schwitzte fürchterlich, einerseits wegen der Hitze, andererseits vor Aufregung, als ich endlich einen schattigen Weg fand und den entlangschlenderte. Plötzlich hörte ich eine Männerstimme, die Gedichte rezitierte, und im nächsten Augenblick stand ich vor einer Lichtung, wo ein Mann und ein junges Mädchen unter einem Baum saßen.

Kaum hatte ich die beiden erblickt, als ein kleiner Dackel wütend bellend auf mich zugeschossen kam, als wollte er mich in Stücke reißen. Doch dann schien er es sich anders überlegt zu haben. Vielleicht hatte er den hundefreundlichen Geruch der Woosters erschnuppert. Jedenfalls legte er sich schwanzwedelnd vor mich hin. Ich kraulte ihn hinterm rechten Ohr und streichelte seinen Rücken, während er meine linke Hand abschleckte. Nachdem wir auf diese Weise Freundschaft geschlossen hatten – das gelingt mir bei Hunden immer sehr schnell –, wandte ich mich dem poesiebegeisterten Pärchen zu.

Der junge Mann, der auf den ersten Blick wie David Niven aussah, war von schlanker Statur, hatte blondes Haar und einen kleinen Schnurrbart. Da er mit Sicherheit nicht Aubrey Upjohn war, vermutete ich, daß es sich um Willie Pudding handelte. Allerdings war ich ziemlich überrascht, ihn Gedichte vorlesen zu hören. New Yorker Playboys pflegen sich sonst viel eher der Prosa zu widmen, und zwar in ihrer saftigsten Form. Offensichtlich hatten aber auch Playboys sanftere Augenblicke.

Seine Begleiterin war ein hübsches junges Mädchen mit guter Figur und entsprach ganz der Beschreibung, die Reginald mir von Phyllis Mills gegeben hatte. Nett, aber dumm. Ein Blick in ihre blauen Augen genügte, um zu wissen, wie recht mein Freund hatte. Mir war klar, daß alles, was je aus ihrem Munde kommen würde, nur albernes Geschwätz sein konnte.

Und mit Geschwätz eröffnete sie auch gleich die Konversation, indem sie mich fragte, ob ich nicht ebenfalls meinte, daß Poppet, der Dackel, ein süßes kleines Hündchen sei. Ich stimmte ihr zu, wenn auch weniger überschwenglich, sondern kurz und knapp, wie es meine Art ist. Darauf vermutete sie, daß ich Bertie Wooster sei, der reizende Neffe von

Mrs. Travers, und auch in dem Punkt konnte ich ihr recht geben.

»Ich hörte, daß man Sie für heute erwartete, Mr. Wooster. Ich bin Phyllis Mills«, stellte sie sich vor, woraufhin ich erwiderte, daß ich mir das bereits gedacht hätte, und ihr die Grüße von Reginald ausrichtete. »Oh, Reggie Herring, er ist ein Schätzchen, nicht wahr?« Auch in dem Punkt gab ich ihr recht und bestätigte, daß Reginald der Schatz aller Schätzchen sei. Sie fügte verträumt hinzu: »Ja, er ist wirklich ein süßer Kerl.«

Wilbert Pudding fühlte sich währenddessen wohl zu Recht vernachlässigt. Er runzelte die Stirn, zwirbelte an seinem Schnurrbart herum und warf mir einen unmißverständlichen Blick zu: Hier war einer zuviel, und der hieß Bertie Wooster. Die erste kurze Pause in meinem Gespräch mit Phyllis nützte er denn auch sofort aus und fragte: »Suchen Sie jemanden?«

Ich antwortete, daß ich mich auf der Suche nach Bobbie Wickham befände.

»Da würde ich an Ihrer Stelle weitersuchen. Hier ist sie nicht. Aber Sie werden sie schon irgendwo finden«, riet er mir, um mich loszuwerden.

»Bobbie?« fragte Phyllis Mills. »Sie ist unten am See. Sie wollte dort angeln.«

Wilbert Pudding strahlte. »Dann wissen Sie ja, was Sie zu tun haben. Sie gehen auf diesem Pfad weiter, halten sich dann rechts, dann gleich scharf links und wieder rechts, und schon sind Sie am See. Sie können gar nicht fehlgehen. Machen Sie sich nur gleich auf den Weg.«

Ich muß ganz ehrlich gestehen, daß ich seine Regieanweisungen als eine Unverschämtheit empfand. Schließlich war er nur ein fremder Besucher auf Brinkley Court und hatte mir keine Ratschläge zu erteilen, wohin ich mich auf dem Besitz meiner Tante zu begeben hatte. Und die Wege kannte ich von Kindheit an. Eigentlich wollte ich nämlich lieber in der Lichtung verweilen und mich mit Phyllis Mills unterhalten, aber ich respektierte den Wunsch meiner Tante, die Puddings nicht zu brüskieren, und so trollte ich mich, wie mir geraten worden war, und hörte nur noch von ferne, wie Wilbert Pudding in seinem Gedichtvortrag fortfuhr.

Der See in Brinkley Court wurde zwar als solcher bezeichnet, in Wirklichkeit aber war es nur ein Teich, der gerade groß und tief genug war, daß man mit flachen Kähnen darauf herumrudern konnte. Die Kähne waren in einem Bootshaus untergebracht, an dessen einer Seite sich ein Landesteg befand. Und auf diesem Landesteg saß Bobbie, die Angelrute in der Hand, mit dem Rücken zum Ufer.

»Heda!« rief ich.

»Sieh mal einer an! *Du* hier, Bertie?«

»Ganz recht. Wenn du vielleicht einen Moment für mich Zeit hättest, werteste Roberta...«

»Warte eine Sekunde, ich glaube, ein Fisch hat angebissen. Ach nein, falscher Alarm. Was sagtest du gerade?«

»Ich fragte...«

»Übrigens, meine Mutter hat mich heute früh angerufen.«

»Ich hörte gestern früh von ihr.«

»Das habe ich mir schon gedacht. Hast du die Anzeige in der *Times* gelesen?«

»Ja, erstaunten Auges.«

»Du mußt einen Augenblick gestutzt haben.«

»Mehrere Augenblicke.«

»Nun, ich werde dir erklären, was es mit der Anzeige auf sich hat. Es war einer meiner Blitzeinfälle.«

»Soll das heißen, daß *du* die Anzeige aufgegeben hast?«

»Selbstverständlich.«

»Warum?« fragte ich, um das Rätsel auf der Stelle zu lösen.

Wenn ich geglaubt hatte, eine kurze, knappe und dabei erschöpfende Erklärung zu bekommen, so hatte ich mich geirrt. Ganz im Gegenteil, Bobbies Antwort verwirrte mich noch mehr.

»Ich wollte für Reggie den Weg ebnen«, sagte sie und lächelte spitzbübisch.

Ich wischte mir mit der Hand den Schweiß von der Stirn.

»Ich glaube, ich habe nicht richtig gehört«, sagte

ich. »Hast du gerade gesagt, du wolltest für Reggie den Weg ebnen?«

»Genau das habe ich. Ich wollte meine Mutter in die rechte Stimmung versetzen, damit ihr Reggie gefällt.«

Meine Hand strich ein weiteres Mal über meine erhitzte Stirn.

»Du wolltest deine Mutter in die rechte Stimmung versetzen, damit ihr Reggie gefällt? Habe ich richtig gehört?«

»Goldrichtig. Ich kann es dir mit einem Wort erklären: Ich liebe Reggie, und Reggie liebt mich.«

Das waren zwar mehrere Wörter, aber ich ließ es ihr noch einmal durchgehen.

»Welchen Reggie?«

»Reggie Herring.«

Ich war erstaunt.

»Du meinst meinen Freund Reginald, den wir in der Schule immer den ›Hering‹ nannten?«

»Ich mag nicht, daß du seinen Namen verballhornst.«

»Warum nicht?« fragte ich lächelnd. »Wenn ein Junge in einer Privatschule auftaucht und Herring heißt, was meinst du wohl, wie schnell daraus ein Hering wird? Aber wie kommst du darauf, daß du ihn liebst und daß er dich liebt? Du kennst ihn doch gar nicht.«

»Natürlich kenne ich ihn. Wir haben letztes Jahr Weihnachten im selben Hotel gewohnt. Ich brachte ihm das Skilaufen bei«, sagte sie, und ihre Augen glänzten. »Ich werde nie den Tag vergessen, an dem er auf der Anfängerpiste stürzte und ich ihm behilflich war, seine Glieder zu ordnen. Er hatte die Beine um den Hals gewickelt. Ich glaube, daß das der Augenblick war, in dem ich mich in ihn verliebte. Mein Herz schmolz, als ich ihm auf die Beine half.«

»Und du hast nicht gelacht?«

»Selbstverständlich habe ich nicht gelacht. Ich war voller Mitgefühl und Verständnis.«

Da begann ich langsam zu verstehen. Bobbie machte sich gern auf Kosten anderer lustig. Ich erinnerte mich noch sehr gut, wie sie schadenfroh gelacht hatte, als ich im Garten von Skelding Halls auf die Zähne einer Harke getreten war und mir der Stiel ins Gesicht schlug und mir beinahe die Nase zertrümmerte. Wenn sie Reginalds Sturz, ohne vor Vergnügen zu wiehern, mit angesehen hatte, dann mußten ihre Gefühle echt sein.

»Also gut, ich glaube dir, daß du ihn liebst«, sagte ich. »Aber wenn das so ist, warum posaunst du dann in die Welt hinaus, daß wir angeblich verlobt seien?«

»Das habe ich dir doch bereits gesagt. Ich wollte für Reggie den Weg ebnen.«

»Das verstehe ich nicht.«

»Merkst du nicht, um was für eine fein ausgeklügelte Strategie es sich dabei handelt?«

»Ganz und gar nicht.«

»Nun, du weißt doch, wie gut du dich mit meiner Mutter verstehst.«

»Unser Verhältnis ist etwas kühl.«

»Sie zuckt zusammen, wenn sie deinen Namen hört. Deswegen habe ich diese List ersonnen. Wenn sie nämlich glaubt, daß ich dich heiraten will, und sie dann feststellt, daß ich es mir anders überlegt habe, wird sie vor Freude über die Entlobung jeden anderen Schwiegersohn überglücklich an ihr Herz drücken – sogar Reggie, der nicht im Adelsregister verzeichnet ist und auch keine Reichtümer besitzt. Meine Mutter hat sich immer einen Millionär oder einen reichen Herzog als Mann für ihre Tochter vorgestellt. Verstehst du jetzt, wie unsere Verlobung gedacht ist?«

»O ja, ich verstehe sehr gut. Du hast wie Jeeves praktische Philosophie studiert. Glaubst du, daß es klappen wird?«

»Davon bin ich überzeugt. Nehmen wir einen parallelen Fall. Stell dir vor, deine Tante Dahlia liest eines Morgens in der Zeitung, daß du bei Morgengrauen erschossen werden sollst.«

»Das wird sie nicht glauben. Ich bin nie so zeitig wach.«

»Nimm doch einmal an, sie glaubt es. Sie wäre doch sicherlich sehr aufgeregt.«

»Sie wäre außer sich, denn sie liebt mich wie ihr eigenes Kind. Das soll nicht heißen, daß sie alles billigt, was ich tue. Als ich noch ein kleiner Junge war, hat sie mir so manche Ohrfeige gegeben, und seit ich erwachsen bin, hat sie mir mehr als einmal geraten, mir einen Ziegelstein um den Hals zu hängen und ins Wasser zu gehen. Trotzdem liebt sie ihren Bertram, und wenn sie erfahren würde, daß ich erschossen werden soll, würde sie vor Schmerz wahnsinnig werden. Aber warum? Was hat das mit der Verlobung zu tun?«

»Nimm weiterhin an, deine Tante findet plötzlich heraus, daß das Ganze ein Irrtum ist und daß jemand anderer erschossen werden soll. Das würde sie doch glücklich machen, nicht wahr?«

»Sie würde vor Freude durch das ganze Haus tanzen.«

»Genau. Plötzlich würde sie wieder zärtlich an dir hängen und hätte an keiner deiner Taten etwas auszusetzen. Was immer für eine Dummheit du auch vorhättest, sie würde begeistert zustimmen. Und genauso wird sich meine Mutter verhalten, wenn sie erfährt, daß ich dich doch nicht heirate. Ihr wird ein Stein vom Herzen fallen.«

Ich stimmte ihr zu, daß ihre Mutter sicherlich sehr erleichtert wäre.

»Aber du wirst sie doch in ein oder zwei Tagen aufklären, nicht wahr?« fragte ich schnell, denn ich wollte diesen Punkt gerne geklärt haben. Ein Mann, dessen Verlobung in der *Times* bekanntgegeben worden war, hatte keine ruhige Minute.

»Sagen wir in ein, zwei Wochen. Man soll nichts überstürzen.«

»Und darauf soll ich mich einlassen?«

»So habe ich es mir gedacht.«

»Und welche Pflichtübungen fallen bis dahin an? Muß ich dich gelegentlich küssen?«

»Danke, das ist nicht nötig.«

»Auch gut. Ich wollte nur wissen, wie ich mich verhalten soll.«

»Ab und zu ein zärtlicher Blick wird schon genügen.«

»Ich werde es mir merken. Im übrigen freue ich mich, daß mein Freund Reginald dich als Frau bekommt. Es gibt niemanden, dem ich dieses Glück mehr gönnte.«

»Das ist nett von dir.«

»Nicht der Rede wert.«

»Ich mag dich schrecklich gern, Bertie.«

»Ich dich auch, Bobbie.«

»Aber ich kann schließlich nicht alle heiraten, nicht wahr?«

»Das würde ich nicht einmal versuchen. Nun, da alles geregelt ist, sollte ich erst einmal Tante Dahlia begrüßen.«

»Wie spät ist es?«

»Kurz vor fünf.«

»Dann muß ich mich beeilen. Ich soll die Hausfrau beim Tee vertreten.«

»Du? Warum du?«

»Deine Tante ist nicht da. Als sie gestern heimkam, fand sie ein Telegramm vor, daß ihr Sohn Bonzo mit Fieber im Bett liegt, und sie fuhr sofort zu seinem Internat, um in seiner Nähe zu sein. Sie bat mich, bis zu ihrer Rückkehr die Pflichten der Gastgeberin zu übernehmen. Aber wie es jetzt aussieht, muß ich selbst wegfahren. Seitdem meine Mutter die Verlobungsanzeige gelesen hat, bedrängt sie mich stündlich, heimzukommen und ihr Rede und Antwort zu stehen. Übrigens, was ist eigentlich ein Picaro?«

»Das weiß ich nicht. Warum?«

»So bezeichnete sie dich in ihrem letzten Telegramm. Ich zitiere wörtlich: ›Kann nicht verstehen, warum du diesen Picaro heiraten willst.‹ Ich nehme an, daß es etwas Ähnliches wie ein Einfaltspinsel ist, denn als solchen hat sie dich in ihrem vorletzten Telegramm bezeichnet.«

»Das hört sich vielversprechend an.«

»Ja, ich glaube, die Sache läuft. Nach dir wird ihr Reggie wie ein Märchenprinz vorkommen. Sie wird für ihn den roten Teppich auslegen.«

Mit einem kurzen »Juhu!« lief sie in Richtung des Hauses davon. Ich folgte ihr, wenn auch langsamer, denn ich hatte über eine ganze Menge nachzudenken.

Es kam mir seltsam vor, daß sie ihre Gunst ausgerechnet Reginald Herring schenkte. Sie war so attraktiv, daß ihr die Männer scharenweise zu Füßen lagen, ohne je ans Ziel ihrer Wünsche zu gelangen. Ein Mann, der diese widerspenstige junge Dame zum Traualtar führen wollte, mußte in jeder Hinsicht außergewöhnlich sein. Und nun war mein alter Freund Reginald der Erwählte.

Nichts gegen Reginald. Er ist sozusagen das Salz der Erde. Aber ein Frauenheld war er nicht; das ließ schon sein Aussehen nicht zu. In jüngeren Jahren hatte er sich dem Boxsport verschrieben und dabei ein Blumenkohlohr, über das ich bereits mit Tante Dahlia gesprochen hatte, und eine schiefe Nase davongetragen. Bei einem Schönheitswettbewerb hätte er nicht die geringste Chance gehabt, auch wenn die einzigen Konkurrenten Boris Karloff, King-Kong und Jean-Paul Belmondo gewesen wären.

Aber natürlich ist das Aussehen eines Mannes längst nicht alles. Ein Mann mit einem Blumenkohlohr kann ein Herz aus Gold haben, wie es bei Reginald der Fall war. Außerdem war er sehr klug, und das machte vieles wett. Man kann schließlich nicht Redakteur einer angesehenen Londoner Wochenzeitung sein, wenn die grauen Gehirnzellen nicht voll funktionsfähig sind. Mädchen aber lieben intelligente Männer, und für Roberta war es die erste Begegnung mit einem geistreichen Mann. Ihre früheren Verehrer hatten alle nur Jagen, Schießen und Angeln im Kopf.

Diese und ähnliche Gedanken beschäftigten mich so intensiv, daß ich keinen Blick für meine Umwelt hatte, als ich mich langsam dem Haus näherte. Wie ein Schlafwandler mußte ich den Weg zurückgelegt haben. Es war ein Wunder, daß ich nicht gegen irgendeinen Baum, einen Busch oder eine Parkbank gelaufen war. Zu guter Letzt, als ich gerade um eine Ecke bog, kam es aber doch noch zu einem Zusammenstoß, und zwar, wie ich mit Schrecken feststellte, mit Aubrey Upjohn. Ich muß geradewegs in ihn hineingelaufen sein. Ich umklammerte seinen Nacken, während er sich an meinen Kleidern festhielt, und in dieser seltsamen Umarmung wankten wir hin und her, bis wir unser Gleichgewicht wiedergefunden hatten.

Dann betrachtete ich ihn eingehend und war erstaunt, wie er sich verändert hatte. Als ich noch sein Schüler in Malvern House war, wo ich so manches Mal zitternd jene bereits erwähnten Schläge erwartet hatte, war er ein rüstiger Mann gewesen, der mir wie ein Riese vorkam, wenn er den Rohrstock schwang. Jetzt war er alt und ein wenig gebückt, und ich hätte ihn mit einem kleinen Schubs umwerfen können.

Das tat ich selbstverständlich nicht. Aber ich konnte ihm ohne Furcht in die Augen blicken und verstand plötzlich nicht mehr, daß dieser Mann vor fünfzehn Jahren der Schrecken meiner Schulzeit gewesen war.

Übrigens hatte er sich einen Schnurrbart wachsen lassen, der einen besonders unangenehmen Teil seines Gesichts verdeckte. Es war nämlich vor allem seine nackte, bedrohlich zuckende Oberlippe, die uns als Schüler besonders erschreckt hatte. Jetzt staunte ich über die Gelassenheit, mit der ich meinem ehemaligen Lehrer begegnete.

»Hallo, Upjohn!« rief ich gutgelaunt. »Wie geht's?«

»Wer sind *Sie* denn?« fragte er erstaunt.

»Wooster, Bertram Wooster.«

»Wooster?« Es klang, als hätte er bis zuletzt gehofft, es könnte jemand anders sein. Ich verstand seine Gefühle. Zweifellos beruhte die Abneigung auf Gegenseitigkeit, und er muß genauso erleichtert gewesen sein, als ich die Schule verließ, wie ich es war. Dieses plötzliche Wiedersehen muß dem armen Kerl einen kleinen Schock versetzt haben.

»Wir haben uns lange Zeit nicht gesehen«, sagte ich.

»Ja«, murmelte er verlegen, und damit war die Konversation beendet. Schweigend schritten wir die letzten hundert Meter über den Rasen, wo uns der gedeckte Teetisch erwartete.

Außer Bobbie hatte sich noch niemand eingefunden. Wilbert und Phyllis saßen sicherlich noch unter ihrem schattenspendenden Baum in der Lichtung, und Mrs. Pudding arbeitete emsig an ihrem neuen Thriller, wie uns Bobbie berichtete. Wir setzten uns und ließen uns von Bobbie den köstlichen Tee einschenken, als der Butler mit einer Obstschale an den Tisch trat.

Eigentlich ist ›Butler‹ nicht die korrekte Bezeichnung für den Herrn, der jetzt neben unserem Tisch stand. Er war zwar wie ein Butler gekleidet und benahm sich wie ein Butler, aber er war kein Butler.

Genaugesehen verbarg sich hinter besagter Maskerade Sir Roderick Glossop, der berühmte Irrenarzt.

4

Im Drones Club und anderen Lokalitäten, wo ich verkehrte, war ich für meinen unerschütterlichen Gleichmut bekannt. Und auch ich selbst hatte gedacht, daß mich so leicht nichts aus der Ruhe bringen könnte. Aber ich hatte mich geirrt. Offensichtlich wurde mein wunder Punkt getroffen, wenn Irrenärzte als Butler verkleidet so unvermittelt am Teetisch auftauchten.

Es bestand gar kein Zweifel, daß der angebliche Butler, der soeben die Obstschale auf den Tisch gestellt hatte und nun ins Haus zurückging, Sir Roderick Glossop war. Die Glatze, die buschigen Augenbrauen und andere Details stimmten haargenau überein, und ich konnte mir nicht vorstellen, daß es den gleichen Mann zweimal gab. Meine Reaktion war entsprechend, die Wirkung verheerend. Ich hatte gerade meine bis an den Rand gefüllte Teetasse in der Hand, als ich Glossop erkannte. Plötzlich war meine Tasse leer, und der gute Tee lief an der weißen Flanellhose meines Nachbarn Aubrey Upjohn herunter.

Wohlerzogene Bürger pflegen ihre Zunge im Zaum zu halten, deshalb beschränkte sich Upjohn zunächst auf ein erstauntes »Huch!«.

Aber der Blick, den er mir zuwarf, enthielt mindestens hundert unausgesprochene Flüche.

»Wie ich sehe, haben Sie sich seit Ihrem Aufenthalt in Malvern House nicht verändert«, sagte er verärgert und wischte mit einem Taschentuch die Hose ab. »Wir nannten ihn immer den Tolpatsch«, fuhr er fort. Dabei wandte er sich an Bobbie, deren Sympathie er offensichtlich gewinnen wollte. »Die einfachsten Tätigkeiten vermochte er nicht zu bewältigen, ohne größeres Unheil anzurichten. Es war eine stehende Redewendung, daß es in Malvern House keinen einzigen Stuhl gab, über den Wooster nicht schon einmal gestolpert war. Das Kind im Manne, sage ich immer«, beendete Upjohn seine unvorteilhafte Schilderung meiner Person.

»Es tut mir schrecklich leid«, entschuldigte ich mich.

»Die Reue kommt ein wenig zu spät. Sie haben meine neue Hose ruiniert. Ich glaube kaum, daß die Flecken in der Reinigung herausgehen. Na ja, hoffen wir das beste.«

Ich weiß nicht, ob ich mich ganz richtig verhielt, als ich Upjohn leutselig auf die Schulter klopfte und sagte: »Das ist die richtige Einstellung.« Er warf mir nämlich einen giftigen Blick zu, stand auf und ging ins Haus.

»Soll ich dir mal was sagen, Bertie?« fragte Bobbie, während sie Upjohn mit den Augen verfolgte. »Deinen geplanten Spaziergang mit Upjohn kannst du in den Wind schreiben. Er wird dir in diesem Jahr auch nichts zu Weihnachten schenken, und außerdem wirst du heute abend keine Gute-Nacht-Küßchen von ihm bekommen.«

Ich stellte das Milchkännchen mit einem Ruck auf den Tisch.

»Laß deine dummen Scherze, Bobbie. Sag mir lieber, warum Sir Roderick Glossop hier den Butler mimt.«

»Diese Frage habe ich erwartet. Ich wollte es dir sowieso irgendwann einmal erzählen.«

»Sag es mir sofort.«

»Nun, es war sein Einfall.«

Ich sah sie scharf an. Schließlich wollte ich mich nicht mit bloßem Geschwätz zufriedengeben.

»Sein Einfall?« fragte ich ungläubig.

»Ja.«

»Willst du mir weismachen, daß Sir Roderick eines Morgens aufwachte, in den Spiegel schaute und feststellte, daß er ein wenig blaß aussah und er deshalb beschloß, zur Abwechslung einmal Butler auf dem Lande zu werden?«

»Nein, das nicht. Aber ich weiß nicht, wo ich anfangen soll.«

»Am besten am Anfang. Schieß los, werteste Roberta«, forderte ich sie auf und griff beherzt nach einem Stück Kuchen. Dabei ließ ich Bobbie nicht aus den Augen.

Mein Befehlston schien sie zu beeindrucken. Sie runzelte die Stirn und sagte, ich solle sie nicht wie ein toter Heilbutt anstieren.

»Dazu habe ich allen Grund«, erwiderte ich ungerührt. »Ich möchte jetzt endlich Klarheit haben. Jedesmal, wenn du deine Finger im Spiel hast, gerate ich in die unglaublichsten Situationen. Ich meine, ich habe ein Recht, eine Erklärung zu verlangen.«

»Also, dann laß mich meine Gedanken ordnen.«

Ich ließ ihr Zeit und aß indessen den Kuchen.

»Am besten fange ich mit Upjohn an, denn er ist die Ursache. Er bedrängt nämlich Phyllis, daß sie Wilbert Pudding heiratet.«

»Er bedrängt sie?«

»Ja, leider. Und wenn ein Mann wie Upjohn ein harmloses Geschöpf wie Phyllis drängt, dann kannst du dir vorstellen, wie es ausgeht. Phyllis ist gewöhnt, sich den Wünschen ihres Daddys zu fügen.«

»Hat sie keinen eigenen Willen?«

»Keine Spur von eigenem Willen. Letzte Woche, zum Beispiel, mußte sie mit ihm nach Birmingham fahren und sich eine Aufführung von Tschechows *Möwe* ansehen, weil er dieses Stück für pädagogisch wertvoll hält. Mich könnte kein Mensch dazu bewegen, mir etwas gegen meinen Willen anzusehen. Aber Phyllis sagte nur: ›Ja, Daddy‹ und fuhr mit. Diese Episode zeigt sehr deutlich, wie ausgeprägt ihr eigener Wille ist.«

Das zeigte sie tatsächlich. Bobbies Bericht beeindruckte mich außerordentlich. Ich selbst hatte dieses Stück auf Bitten meiner Tante Agatha mit ihrem Sohn Thos im *Old Vic* einmal gesehen, und ich konnte mich noch gut erinnern, wie sehr mich diese russische Komödie gelangweilt hatte – abgesehen von der Mühe, die es mich kostete, Thos an der Flucht aus dem Theater zu hindern. Es bedurfte keiner weiteren Erklärungen, um mich zu überzeugen, daß Phyllis Mills ein Mädchen war, das nach dem Motto lebte: ›Daddy weiß alles am besten‹. Wilbert brauchte nur um ihre Hand anzuhalten, und Phyllis würde begeistert zustimmen, weil es Upjohns Wunsch war.

»Deine Tante grämt sich wegen dieser geplanten Verlobung«, sagte Bobbie.

»Ist sie nicht einverstanden?«

»Natürlich nicht. Du mußt doch auf deinen zahlreichen Amerika-Reisen schon von Willie Pudding gehört haben.«

»Ja, ich hörte von einigen Extravaganzen. Er ist ein Playboy.«

»Deine Tante hält ihn für einen Wirrkopf.«

»Das sind viele Playboys, glaube ich. Ich verstehe, daß Tante Dahlia in dem Fall nicht gerade frohlockt, aber das erklärt noch lange nicht die Anwesenheit von Sir Roderick Glossop als Butler«, sagte ich, um Bobbie an meine Frage zu erinnern.

»Warum nicht? Deine Tante hat Glossop engagiert, um Wilbert Pudding beobachten zu lassen.«

Das verstand ich nicht.

»Du meinst, Sir Roderick soll ein Auge auf Wilbert werfen, damit er nichts anstellt? Wozu soll das gut sein?«

Bobbie schnaubte vor Ungeduld.

»Nein, er soll Wilbert als Nervenarzt beobachten und ihn auf seinen Verstand hin testen. Er wird ihn unauffällig in ein Gespräch verwickeln. Du weißt doch, wie solche Leute vorgehen. Früher oder später...«

»Ach so, jetzt begreife ich allmählich. Früher oder später wird sich herausstellen, daß Wilbert einen leichten Dachschaden hat, und dann hat Tante Dahlia einen Grund, die Ehe zu vereiteln.«

»So war es gedacht. Deine Tante hat mir ihr Herz ausgeschüttet, als mir die Erleuchtung kam, es mit Glossop zu versuchen. Du kennst meine Blitzeinfälle.«

»Weiß Gott. Ich denke noch an die Episode mit der Wärmflasche.«

»Ja, das war auch so eine plötzliche Inspiration.«

»Haha!«

»Sagtest du etwas?«

»Nur haha!«

»Warum?«

»Etwas anderes fällt mir nicht ein, wenn ich an jene schreckliche Nacht denke.«

Das schien sie einzusehen. Sie schwieg einen Moment, um ein Gurkensandwich zu essen, und fuhr dann fort: »Ich unterbreitete deiner Tante meinen Schlachtplan. ›Bringen Sie Glossop her‹, sagte ich. ›Er soll Wilbert Pudding beobachten. Dann können Sie Upjohn mit glühenden Kohlen zu Leibe rükken.‹ «

Wieder konnte ich Bobbie nicht ganz folgen. Soweit ich mich erinnerte, war von Kohlen bisher nicht die Rede gewesen.

»Wie meinst du das?« fragte ich erstaunt.

»Das ist doch sonnenklar. Wenn Sir Roderick Glossop, der berühmteste Psychiater Englands, ein Gutachten verfaßt, aus dem hervorgeht, daß Wilbert Pudding nicht alle Tassen im Schrank hat, dann würde Upjohn es sich wohl überlegen, ob er ihm Phyllis zur Frau gibt. Er kann seine Stieftochter doch nicht mit einem Mann verheiraten, der früher oder später im Irrenhaus landet. Davor würde auch ein Aubrey Upjohn zurückschrecken, oder glaubst du nicht?«

Ich überlegte angestrengt.

»Ja«, gab ich zu. »Da könntest du recht haben.

Vielleicht verfügt Upjohn sogar über menschliche Gefühle, wenngleich ich so etwas als Schüler bei ihm leider nicht feststellen konnte. Der Grund für Glossops Anwesenheit in Brinkley Court wäre damit geklärt, nicht aber, warum er den Butler mimt.«

»Ich sagte doch bereits, daß das seine Idee war. Er meinte, sein Name wäre zu bekannt, als daß er hier als harmloser Besucher auftauchen könnte, ohne Mrs. Puddings Mißtrauen zu erregen.«

»Ach ja, ich verstehe. Sie würde sich wundern, warum er an Wilbert interessiert ist...«

»Vielleicht würde sie zwei und zwei zusammenzählen...«

»...und das Ganze durchschauen.«

»Genau. Keine Mutter liebt die Vorstellung, daß ihre Gastgeberin einen Irrenarzt bemüht, um ihren heißgeliebten Sohn zu beobachten. Es verletzt ihre Gefühle.«

»Wenn sie hingegen bemerkt, daß sich der Butler besonders um ihren Sohn kümmert, wird sie denken: ›Ein zuvorkommender Butler!‹ Ich finde die Idee hinreißend. Onkel Tom kann inzwischen mit Homer Pudding in Ruhe seine Geschäfte abwickeln, ohne daß die Atmosphäre vergiftet würde. Übrigens, Bobbie, hast du eine Ahnung, worum es bei dem Handel eigentlich geht?«

»Ja, ein bißchen. Tante Dahlia hat mir erzählt, daß Homer Pudding an irgendwelchen Grundstükken deines Onkels interessiert ist. Er möchte Hotels bauen. Aber das darf vorläufig nicht bekannt werden. Also, daß du mit niemandem darüber sprichst.«

»Schon gut. Ich bin doch kein Klatschweib. Aber noch eine Frage. Wie kommst du darauf, daß Wilbert Pudding verrückt ist? Mir erschien er ganz normal.«

»Hast du ihn denn gesehen?«

»Ja, vorhin. Er saß mit Phyllis unter einem Baum und las ihr Gedichte vor.«

»Er las Phyllis Gedichte vor?«

»Ganz richtig. Ich hätte ihm auch eher die Lektüre von Groschenromanen zugetraut. Aber nein, es war echte Poesie, in Schweinsleder gebunden. Hörte sich sehr anspruchsvoll an.«

Sie geriet völlig außer sich.

»Unterbrich ihn, Bertie, unterbrich ihn sofort. Du darfst keine Zeit verlieren. Lauf hin und störe dieses Stelldichein.«

»Wer? Ich? Warum ich?«

»Dafür bist du doch hergekommen. Hat dir denn das deine Tante nicht gesagt? Sie möchte, daß du Wilbert Pudding auf Schritt und Tritt verfolgst, damit er keine Gelegenheit findet, Phyllis einen Heiratsantrag zu machen.«

»Ich soll die zwei wie ein Privatdetektiv beschatten, meinst du? Das mag ich nicht.«

»Du brauchst es nicht zu mögen«, erwiderte Bobbie kurz angebunden. »Du sollst es tun.«

5

Robertas Schönheit hatte einen fatalen Einfluß auf mich. Ich war wie Wachs in ihren Händen und trollte mich, um meinen Auftrag auszuführen. Allerdings verspürte ich nicht die geringste Lust dazu. Für einen feinfühligen Mann ist es niemals angenehm, von seinen Mitmenschen als lästiger Eindringling betrachtet zu werden. Als einen solchen empfand mich zweifellos Wilbert Pudding, als ich unvermittelt zum zweiten Mal in der Lichtung auftauchte. Er hatte gerade seine Lektüre beendet und hielt Phyllis' Hand, als ich mich mit einem fröhlichen »Hallo!« bemerkbar machte. Er vergaß die zärtlichen Worte, die er Phyllis wohl gerade hatte zuflüstern wollen, ließ ihre Hand los und warf mir einen giftigen Blick zu, der dem von Aubrey Upjohn keineswegs nachstand. Dann murmelte er etwas Unverständliches über irgendein Gespenst, das diese Stelle heimzusuchen schien.

»Ach, Sie sind es wieder«, sagte er laut.

Diese Feststellung war absolut korrekt. Ich war es wirklich.

»Sie langweilen sich wohl?« fragte er verärgert. »Warum lassen Sie sich nicht auch irgendwo mit einem guten Buch nieder?«

Ich erklärte den beiden, daß ich nur gekommen sei, um zu melden, daß der Tee serviert sei.

»O Gott!« quietschte Phyllis vor Aufregung.

»Dann muß ich geschwind laufen. Daddy mag es nicht, wenn ich mich zum Tee verspäte. Er sagt immer, man muß als junger Mensch Respekt vor der älteren Generation haben.«

Wilbert Pudding schien eine Erwiderung auf der Zunge zu haben, die er sich offensichtlich mit Mühe verkniff. Ich vermute, er dachte an einen Körperteil, in den sich Upjohn jenen zitierten Respekt stecken könnte.

»Ich werde mit Poppet spazierengehen«, murrte er, noch immer verärgert, und beugte sich zu dem Dackel hinunter, der an meinen Hosenbeinen schnupperte.

»Keinen Tee?« fragte ich.

»Nein.«

»Es gibt einen köstlichen Kuchen.«

»Pah!« erwiderte er verächtlich, drehte sich um und entfernte sich mit dem Hund. Ich sah ihnen nach und hatte das Gefühl, mir noch ein weiteres Weihnachtsgeschenk verscherzt zu haben. So schnell ich mit Hunden Freundschaft schloß, mit Leuten wie Wilbert Pudding gelang es mir nicht.

Als ich mit Phyllis zum Teetisch kam, war Bobbie allein.

»Wo ist Daddy?« fragte Phyllis erstaunt.

»Er beschloß plötzlich, nach London zu fahren«, antwortete Bobbie.

»Nach London?«

»Ja, das sagte er.«

»Warum?«

»Das sagte er nicht.«

»Ich muß ihn sofort fragen«, sagte Phyllis und eilte ins Haus.

Bobbie schien nachzudenken.

»Weißt du, was ich meine, Bertie?«

»Was?«

»Als Upjohn gerade herauskam, sah er sehr wütend aus. In der Hand hatte er die *Thursday Review* von dieser Woche. Sie muß mit der Nachmittagspost gekommen sein. Ich nehme an, daß er Reggies Buchbesprechung gelesen hat.«

Das leuchtete mir ein. Ich kenne einige Autoren, bekannte und unbekanntere. Sie alle werden fuchsteufelswild, wenn sie eine schlechte Besprechung ihrer Werke lesen.

»Du weißt also, was Reginald geschrieben hat?«

»Ja, er zeigte mir den Artikel, als wir uns neulich zum Mittagessen trafen.«

»Äußerst boshaft, was er geschrieben hat. Aber ich verstehe nicht, was Upjohn in London vorhat.«

»Vielleicht möchte er den Verleger fragen, wer den Artikel verfaßt hat, damit er ihn auf der Treppe seines Clubs abpassen und auspeitschen kann. Aber er wird es nie erfahren... Oh, hallo, Mrs. Pudding.«

Die Frau, die Bobbie gerade begrüßte, war groß und hager und hatte mit ihrem Habichtsgesicht eine entfernte Ähnlichkeit mit Sherlock Holmes. Auf ihrer Nase zeugte ein Tintenfleck von anstrengender schriftstellerischer Tätigkeit. Ich habe nämlich einmal gehört, es wäre unmöglich, einen Thriller zu schreiben, ohne sich das Gesicht mit Tinte zu verschmieren. Vielleicht sollte man sicherheitshalber bei Agatha Christie nachfragen.

»Ich bin soeben mit einem Kapitel fertig geworden«, sagte Adela Pudding. »Jetzt habe ich eine kleine Pause und eine Tasse Tee verdient. Man soll nichts übertreiben.«

»Da haben Sie recht, Mrs. Pudding. Darf ich Ihnen Mrs. Travers' Neffen, Bertie Wooster, vorstellen«, sagte Bobbie in einem Ton, als wollte sie sich für meine Existenz entschuldigen. In solchen Augenblicken haßte ich Roberta. Immer wenn sie mich mit jemandem bekanntmachte, erledigte sie es wie eine lästige Pflicht, so als wäre ich am besten zu ignorieren. »Bertie liebt Ihre Bücher«, fügte sie unnötigerweise hinzu, woraufhin Mrs. Pudding vor Begeisterung strahlte.

»Oh, wirklich?«

»Ich freue mich jedesmal, wenn ich eines Ihrer Bücher lese«, log ich, in der Hoffnung, sie würde mich nicht fragen, welches mir am besten gefiel.

»Er war ganz hingerissen, als ich ihm erzählte, daß Sie hier sind«, verkündete Bobbie.

»Es ist ein wunderbares Gefühl, überall auf rührende Anhänglichkeit zu stoßen. Welches meiner Bücher gefällt Ihnen am besten?«

»Hm«, sagte ich verlegen und erwog gerade die

Möglichkeit, alle gleich gern zu mögen, als Sir Roderick zu uns heraustrat und Bobbie auf einem Präsentierteller ein Telegramm überreichte. Von ihrer Mutter, vermutete ich. Vielleicht waren ihr noch ein paar Schimpfworte eingefallen.

»Danke, Swordfish«, sagte Bobbie und nahm das Telegramm entgegen.

Ich war froh, daß ich in diesem Moment keine gefüllte Teetasse in der Hand hatte, sonst hätte sich eine zweite Katastrophe ereignet. Als ich nämlich hörte, wie Bobbie Sir Roderick mit Swordfish anredete, verlor ich wieder einmal die Fassung und hatte Glück, daß nur ein Gurkensandwich durch die Gegend flog.

»Tut mir leid«, entschuldigte ich mich, denn ich hatte den Kopf von Adela Pudding nur um Haaresbreite verfehlt.

Ich hätte erwartet, daß Bobbie sich jetzt wenigstens zurückhielt. Aber dieses Mädchen ließ keine Gelegenheit aus, sich über ihre Mitmenschen lustig zu machen.

»Entschuldigen Sie, Mrs. Pudding«, sagte sie und lächelte spöttisch. »Ich hätte Sie warnen sollen. Bertie trainiert nämlich für die nächsten Olympischen Spiele das Gurkensandwich-Werfen. Er darf nicht aus der Übung kommen.«

Adela Pudding runzelte nachdenklich die Stirn, und ich hatte den Eindruck, daß sie mit dieser Erklärung nicht zufrieden war. Aber schon ihre nächsten

Worte verrieten, daß ihr skeptischer Blick keineswegs auf mich, sondern auf den eben erwähnten Swordfish gemünzt war. Sie verfolgte den ›Butler‹ mit den Augen, bis er im Haus verschwunden war, und fragte: »Wissen Sie vielleicht, Miss Wickham, von wo sich Mrs. Travers diesen Butler geholt hat?«

»Aus der Zoohandlung, nehme ich an.«

»Hatte er Referenzen?«

»O ja. Er war lange Jahre im Hause von Sir Roderick Glossop, dem berühmten Psychiater. Ich erinnere mich, daß Mrs. Travers sagte, Sir Roderick habe ihm ein exzellentes Zeugnis ausgestellt. Sie war sehr beeindruckt.«

Adela Pudding schnaubte verächtlich.

»Zeugnisse können gefälscht, Referenzen erstunken und erlogen sein.«

»Um Gottes willen! Wie kommen Sie darauf?«

»Der Mann gefällt mir nicht. Er hat eine typische Verbrecherphysiognomie.«

»Das könnten Sie genausogut von Bertie behaupten.«

Ich hätte dieses Luder ohrfeigen können. Mrs. Pudding ging aber zum Glück auf diesen Vorschlag nicht ein.

»Wir sollten Mrs. Travers vor ihrem Butler warnen. In einem meiner Romane ließ sich ein Verbrecher in einem Haus als Butler anstellen, um seiner Bande den Einbruch zu erleichtern. Dieser Swordfish ist der gleiche Typ. Ich kann mich natürlich auch irren, und dieser Butler klaut auf eigene Faust. Für mich steht auf jeden Fall fest, daß er kein richtiger Butler ist.«

»Wie kommen Sie darauf?« fragte ich und tupfte mit dem Taschentuch die Schweißperlen von meiner Stirn. Diese Wendung des Gesprächs gefiel mir nicht. Wenn Adela Pudding erst felsenfest überzeugt war, daß dieser Butler keiner war, dann drohte uns Unheil. Sie würde nachforschen, bis sie das Geheimnis gelüftet hätte, und Onkel Tom würde das Nachsehen haben. Das würde ihn für lange Zeit verbittern, denn wenn er auch kein ausgesprochener Geizkragen war, so liebte er das Geld, besonders, wenn es leicht verdient war.

Adela Pudding schien erfreut, daß ich mit meiner Frage auf ihre Mutmaßungen einging.

»Ich werde Ihnen sagen, warum ich das annehme. Er benimmt sich hundertprozentig wie ein Amateur. Heute morgen habe ich zum Beispiel beobachtet, wie er mit Wilbert plauderte. Ein richtiger Butler würde sich niemals eine solche Freiheit herausnehmen.«

Ich widersprach ihr.

»In dem Punkt bin ich ganz und gar nicht Ihrer Meinung. Ich habe schon mit manchem Butler stundenlang geplaudert, und diese Gespräche waren immer ein großer Gewinn für mich. Meistens waren es übrigens die Butler, die mich ansprachen. Ich finde, daß Swordfish ganz in Ordnung ist.«

»Sie befassen sich auch wohl kaum mit Kriminologie. Ich habe ein Auge für solche Leute und habe mich bisher noch nie getäuscht. Dieser Mann führt nichts Gutes im Schilde.«

Ich beobachtete Bobbie, die immer zorniger wurde, zum Glück aber ihre sonst sehr böse Zunge im Zaum hielt. Sie mochte Thomas Portarlington Travers gern, wenn sie sich auch über sein Äußeres lustig machte und behauptete, er sehe aus wie ein Drahthaarterrier. Ihm zuliebe beherrschte sie sich und folgte Tante Dahlias Anweisung, die Puddings zu hofieren. Sie war lieb und nett wie eine Turteltaube, als sie sich an Adela Pudding wandte.

»Halten Sie es nicht für möglich, Mrs. Pudding, daß Ihre schriftstellerische Imagination Ihnen einen Streich spielt? Sie haben für Ihre Romane immer so großartige Ideen, daß Bertie erst neulich zu mir sagte, er bewundere Sie, wie Sie nur auf all die Einfälle kommen. Nicht wahr, Bertie?«

»Ja, das habe ich fast wörtlich gesagt.«

»Und wenn man erst einmal in dieser Vorstellungswelt lebt, dann kann man sich kaum noch ihrem Bann entziehen, stimmt's, Bertie?«

»Zumindest ist es sehr schwer.«

Die honigsüßen Worte konnten Adela Pudding nicht umstimmen. Sie sträubte sich wie Balaams Eselin, deren Hartnäckigkeit dem Propheten zu schaffen machte.

»Ich bilde es mir keineswegs nur ein, daß mit diesem Butler etwas nicht stimmt«, entgegnete Adela Pudding bissig. »Eigentlich hätte ich sofort darauf kommen können, worauf er es in diesem Haushalt abgesehen hat. Sie scheinen vergessen zu haben, daß Mr. Travers altes Silber sammelt und eine der wertvollsten Sammlungen Englands besitzt.«

Das stimmte. Solange ich denken konnte, sammelte Onkel Tom altes Silber. Ich nehme an, daß seine Sammlung ein Vermögen wert ist. Ich kenne sie sehr gut. Onkel Tom erzählte mir oft stundenlang von seinen wertvollen Stücken, und ich selbst habe einmal für ihn ein silbernes Milchkännchen, das aus dem achtzehnten Jahrhundert stammt und die Form einer Kuh hat, gestohlen. (Eine lange Geschichte, die ich lieber verschweigen möchte.)

»Mrs. Travers zeigte neulich Willie die Sammlung. Er war überwältigt. Willie sammelt nämlich selbst auch altes Silber.«

Nun verstand ich die Welt nicht mehr, schon gar nicht die seltsamen Charaktereigenschaften von Wilbert Pudding. Poesie und altes Silber... Ich hatte immer angenommen, daß sich Playboys nur für attraktive Blondinen und eisgekühlte Drinks interessierten. Offensichtlich war ich einem Vorurteil erlegen.

»Willie sagte mir, daß in Mr. Travers' Sammlung einige Stücke sind, für die er seine Backenzähne hergeben würde. Am besten gefiel ihm ein Milchkännchen in Form einer Kuh aus dem achtzehnten Jahrhundert. Geben Sie also auf den Butler acht. Ich werde ihn mit Argusaugen beobachten. Nun«, sagte sie und erhob sich, »ich muß jetzt wieder an die Arbeit gehen. Bevor der Tag zu Ende geht, möchte ich noch das neue Kapitel entworfen haben.«

Sie verließ uns, und Bobbie und ich blieben für einen Augenblick vor Schrecken stumm. Bobbie erholte sich zuerst. »Sssss!« zischte sie und blickte zum Haus, wo Adela Pudding längst verschwunden war.

»Wir sollten dafür sorgen, daß Glossop hier auf dem schnellsten Weg verschwindet«, schlug ich vor.

»Und wie? Es wäre Aufgabe deiner Tante, eine solche Entscheidung zu treffen, und sie ist nicht da.«

»Dann werde ich mich aus dem Staub machen. Das Klima in Brinkley Court bekommt mir nicht mehr. Früher war es ein friedlicher Landsitz, jetzt ist es eher ein Alptraum, wie ihn Edgar Allan Poe in seinen Erzählungen geschildert hat. Ich halte es hier nicht mehr aus. Ich reise ab.«

»Das geht nicht. Irgend jemand muß doch die Gastgeberin vertreten, und ich kann nicht anders als morgen heimfahren. Meine Mutter dreht sonst durch. Du mußt die Zähne zusammenbeißen und hierbleiben.«

»Und die Nervenbelastung macht mir nichts aus, denkst du, nicht wahr?«

»Kein bißchen. Sie tut dir gut, hält deine Poren offen.«

Sicherlich hätte ich darauf etwas erwidern sollen, aber ich war unfähig, einen klaren Gedanken zu fassen, und so ließ ich es bleiben.

»Kennst du Tante Dahlias Adresse?« fragte ich.

»Royal Hotel, Eastbourne. Warum?«

»Weil ich ihr ein Telegramm schicken will«, sagte ich und angelte mir ein Gurkensandwich. »Sie soll mich morgen anrufen, damit ich sie über die neuesten Vorgänge hier unterrichten kann.«

6

Ich kann mich an den Anlaß nicht mehr erinnern, weshalb Jeeves einmal sagte, der Schlaf verscheuche die Sorgen und bringe alles wieder ins rechte Lot. Er ist Balsam für die Seele. Auf jeden Fall richtete ich mich nach jener Erkenntnis und ließ dem anstrengenden ersten Tag in Brinkley Court die erholsamen acht Stunden folgen.

Zu meiner Enttäuschung hatte Jeeves' Seelenbalsam aber nicht gewirkt, denn als ich am nächsten Morgen erwachte, erschien mir die Situation noch trostloser als am Tag zuvor. Wer konnte wissen, was Adela Pudding im nächsten Augenblick entdecken würde, fragte ich mich, während ich das Frühstücksei indigniert zur Seite schob. Und wer konnte mir sagen, wann Wilbert Pudding meine treue Gefolgschaft satt haben und sich mit Fäusten dagegen wehren würde?

Auch zum Mittagessen fehlte mir der Appetit, um Anatols vorzügliche Gerichte zu würdigen. Ich zuckte jedesmal zusammen, wenn Adela Pudding dem Butler einen mißtrauischen Blick zuwarf. Wenn ihr hoffnungsvoller Sohn Wilbert Phyllis Mills verliebt anlächelte, lief mir ein eiskalter Schauer über den Rücken.

Nach dem Essen, fürchtete ich, würde er Phyllis bestimmt wieder zum Rendezvous in der Lichtung einladen, und es bestand keine Hoffnung, daß er mich freiwillig mitnehmen würde.

Aber ich hatte Glück. Als wir die Tafel aufhoben, sagte Phyllis, sie werde jetzt auf ihr Zimmer gehen und Daddys Rede tippen. Ich durfte beruhigt sein, denn nicht einmal ein New Yorker Playboy, der stets auf der Jagd nach attraktiven Blondinen war, konnte so aufdringlich sein, ihr dorthin zu folgen.

Wilbert blieb nichts anderes übrig, als auf bessere Zeiten zu warten, und er murmelte etwas von Poppet, dem Dackel, mit dem er einen Spaziergang unternehmen wollte. Offensichtlich pflegte er seine Enttäuschungen auf Spaziergängen zu kurieren. Poppet nahm den Vorschlag schwanzwedelnd auf und folgte ihm. Bald waren die beiden im Park verschwunden.

Ich indessen hielt die Zeit für gekommen, mich endlich mit Adela Puddings Romanwerk zu befassen, holte mir aus Tante Dahlias Bibliothek einen ihrer Thriller und legte mich in einen der Liegestühle, die einladend auf dem Rasen standen. Ich bin überzeugt, daß mir die Lektüre Spaß gemacht hätte, denn die Pudding konnte schreiben, wenn mich nicht mitten im zweiten Kapitel der Schlaf übermannt hätte.

Doch bald wurde ich aus meinem süßen Schlummer herausgerissen. Ich wurde am Telefon verlangt. So schnell es mir in meinem Zustand gelang, eilte ich ins Haus, griff zum Telefon und hörte Tante Dahlias Stimme, die in vertrauter Weise aus der Hörmuschel dröhnte.

»Bertie?«

»Ja, hier ist Bertram.«

»Warum zum Teufel hat es so lange gedauert, bis du an den Apparat gekommen bist?«

»Tut mir leid, ich habe keine Flügel. Ich war nämlich im Garten.«

»Du hast ein Verdauungsschläfchen gehalten, habe ich recht?«

»Es kann sein, daß meine Augen einen Moment lang geschlossen waren.«

»Du hast nur Schlafen und Essen im Kopf.«

»Es ist üblich, um diese Zeit eine Kleinigkeit zu essen«, antwortete ich ziemlich steif. »Wie geht es Bonzo?«

»Schon besser.«

»Was fehlt ihm?«

»Masern. Das Schlimmste hat er aber schon überstanden. Also, was ist los? Was soll die Aufregung? Du hast telegrafiert, daß ich dich anrufe. Wolltest du nur die Stimme deiner Tante hören?«

»Ich freue mich immer, wenn ich deiner Stimme lauschen darf. Darüber hinaus aber habe ich noch einen triftigen Grund. Ich dachte, ich müßte dich aufklären, welche Gefahren hier lauern.«

»Welche Gefahren lauern denn?«

»Zuerst einmal Adela Pudding. Sie ist mißtrauisch geworden.«

»In welcher Beziehung?«

»Sie mißtraut Sir Roderick. Sein Gesicht gefällt ihr nicht.«

»Das ihre ist auch keine Augenweide.«

»Sie meint, daß er kein richtiger Butler ist.«

Die Hörmuschel erzitterte, und mir platzte fast das Trommelfell. Tante Dahlia lachte.

»Soll sie doch meinen, was sie will.«

»Beunruhigt dich das nicht?«

»Nicht im geringsten. Sie wird nie herausfinden, weshalb Glossop in Brinkley Court ist. Außerdem verläßt er uns nächste Woche. Länger braucht er nicht für seine Diagnose. Vor Adela Pudding fürchte ich mich nicht.«

»Nun, wenn du meinst... Ich hielt sie jedenfalls für gefährlich.«

»Ich nicht. Hast du sonst noch etwas auf dem Herzen?«

»Ja, die Liebesromanze zwischen Wilbert und Phyllis.«

»Das ist wichtig, erzähl. Hat dir Bobbie ausgerichtet, daß du dich an seine Sohlen heften sollst wie ein...«

»... ein Bruder?«

»Ich dachte eigentlich an ein Heftpflaster, aber das ist gleich, die Hauptsache, du verlierst ihn nicht aus den Augen. Hat dir Bobbie wirklich alles erklärt?«

»Ja, sie hat. Aber gerade darüber wollte ich mit dir reden.«

»Was willst du?«

»Reden.«

»So rede doch.«

»Also, hör meine Meinung, liebste Tante. Was würdest du tun, wenn du Wilbert Pudding wärst, von mir auf Schritt und Tritt verfolgt? Du würdest mich wohl auch als äußerst lästig empfinden.«

»Hat er sich schon in dieser Weise geäußert?«

»Bis jetzt noch nicht. Aber er wirft mir böse Blicke zu.«

»Macht nichts. Soll er werfen. Mich schüchtert er nicht ein.«

Ich hatte das Gefühl, daß sie die Problematik nicht verstand.

»Das mag schon sein«, erwiderte ich unverdrossen. »Aber siehst du nicht die Gefahr, die uns droht?«

»Eben sagtest du noch, sie lauert.«

»Lauert und droht. Wenn ich mich weiterhin an seine Fersen hefte, dann wird er eines Tages so erbost sein, daß er handgreiflich wird. Dann muß ich zurückschlagen. Du weißt, die Woosters haben auch ihren Stolz. Aber wenn ich zuschlage, steht er so schnell nicht wieder auf.«

Sie trompetete wie ein Nebelhorn. Endlich schien sie begriffen zu haben.

»Das wirst du nicht tun, wenn du dir nicht den Fluch deiner Tante aufs Haupt laden willst. Rühr Wilbert nicht an, sonst drehe ich dir den Hals um. Wenn er dich ohrfeigt, so halte ihm gefälligst noch die zweite Backe hin. Adela Pudding würde mir nie verzeihen, wenn du ihren Sohn verprügelst. Sie würde sofort zu ihrem Mann rennen...«

»...und Onkel Toms Geschäft platzt. Das will ich ja schon die ganze Zeit sagen. Deswegen mußt du dir als Wachhund für Wilbert Pudding jemand anderen als deinen Neffen aussuchen.«

»Schlägst du vor, daß ich einen Privatdetektiv engagiere?«

»Nein, das nicht. Aber Reginald Herring wäre der richtige Mann für diese Aufgabe. Lade ihn ein. Er würde wie ein Hund Wilbert Pudding verfolgen, und wenn Wilbert handgreiflich wird, kann Reginald als Fremder getrost zurückschlagen, ohne Onkel Toms

Geschäfte zu gefährden. Aber Pudding wird sich an Reginald nicht herantrauen, dessen bin ich sicher. Du kennst seine Athletenfigur. Allein sein Blumenkohlohr wird für den nötigen Respekt sorgen.«

Einen Augenblick war es am anderen Ende der Leitung still. Offensichtlich legte Tante Dahlia meine Worte auf die Goldwaage, wie Jeeves einen solchen Denkprozeß zu beschreiben pflegte. Als sie dann endlich etwas sagte, klang es fast ehrfürchtig.

»Mein lieber Neffe, du weißt, es gibt Augenblicke, in denen du tatsächlich vernünftig denken kannst. Eben hast du dich selbst übertroffen. Mir wäre der junge Herring nie eingefallen. Meinst du, daß er kommen würde?«

»Erst vorgestern hat er gesagt, daß er sich nichts sehnlicher wünscht als eine Einladung nach Brinkley Court. Er ist von Anatols Kochkünsten sehr angetan.«

»Dann schick ihm ein Telegramm. Du kannst es unter meinem Namen telefonisch durchgeben.«

»Wird auf der Stelle erledigt.«

»Er soll alles stehen und liegen lassen und nach Brinkley Court eilen.«

Tante Dahlia legte auf, und ich hatte wie immer nach einer großen seelischen Anstrengung einen Drink nötig. Ich klingelte und ließ mich in einem Sessel nieder, als die Tür aufging und der sogenannte Butler Swordfish hereinkam. Ich hatte völlig vergessen, daß, wie die Dinge nun einmal lagen, auf mein

Klingelzeichen Sir Roderick Glossop erscheinen mußte. Und nun stand er vor mir. Ich sah ihn verlegen an und zögerte, ihm meinen Wunsch vorzutragen. Schließlich war es nicht leicht, einen Butler um einen Drink zu bitten, wenn man wußte, daß der Butler eigentlich Irrenarzt war. Vielleicht deutete er mein Bedürfnis ganz falsch und zog Schlüsse, die mir nicht sehr angenehm sein konnten.

Der Psychiater aber lächelte freundlich und gab mir das Gefühl, daß er gern ein wenig mit mir plaudern wollte. Ich hatte eigentlich nichts dagegen, solange es nicht um das Thema Wärmflaschen ging.

»Einen schönen Nachmittag, Mr. Wooster«, sagte er herzlich. »Ich habe auf diese Gelegenheit gewartet, mit Ihnen unter vier Augen zu sprechen. Hat Ihnen Miss Wickham erklärt, weshalb ich hier bin? Ja? Das ist gut, dann werden Sie nicht unvorsichtigerweise meine Identität preisgeben. Hat sie Ihnen auch gesagt, daß Mrs. Pudding diesen Grund nicht ahnen darf?«

»O ja, das hat sie. Wenn Mrs. Pudding wüßte, daß Sie hier sind, um herauszufinden, ob ihr Sohn verrückt ist, dann gäbe es einen fürchterlichen Krach.«

»Genau.«

»Und wie sieht's aus?«

»Wie bitte?«

»Haben Sie schon irgendwelche Anhaltspunkte?«

»Wenn Sie damit meinen, ob ich mich schon definitiv über Wilbert Puddings Gesundheitszustand äußern kann, dann muß ich Ihre Frage verneinen. Es ist zwar ungewöhnlich, daß ich nicht gleich nach dem ersten Gespräch eine Diagnose stellen kann, aber im Fall von Wilbert Pudding bin ich völlig unsicher. Auf der einen Seite haben wir seinen Ruf.«

»Die Stinkbomben?«

»Ganz richtig.«

»Und die vorgetäuschten Banküberfälle mit gezogener Pistole?«

»Ja, und noch einige andere seltsame Geschichten, die auf eine Störung des seelischen Gleichgewichts schließen lassen. Zweifellos ist Wilbert Pudding sehr exzentrisch.«

»Aber Sie meinen, es reicht noch nicht für die Zwangsjacke?«

»Ich möchte ihn noch etwas länger beobachten.«

»Jeeves sagte mir, er hätte in New York etwas über Wilbert Pudding gehört. Das könnte von Bedeutung sein.«

»Was war es denn?«

»Er konnte sich nicht mehr erinnern.«

»Zu schade. Um auf Wilbert Puddings Gesundheitszustand zurückzukommen: Ich möchte sagen, daß er anscheinend unter einer schweren Neurose, wenn nicht sogar an Schizophrenie leidet. Allerdings merkt man es ihm im Gespräch nicht an. Ich habe mich gestern vormittag lange mit ihm unterhalten und dabei festgestellt, daß er höchst intelligent ist. Übrigens interessiert er sich für altes Silber und erzählte mir voller Begeisterung von einem Milchkännchen aus dem achtzehnten Jahrhundert. Es soll die Form einer Kuh haben und gehört zur Sammlung Ihres Onkels.«

»Und er hat sich nicht mit diesem Milchkännchen identifiziert und behauptet, daß er selbst aus dem achtzehnten Jahrhundert stamme und wie ein Stier aussehe?«

»Nein, ganz und gar nicht. Er sprach lediglich von einem wertvollen Stück aus der Sammlung Ihres Onkels.«

»Vielleicht verstellt er sich nur?«

»Wie bitte?«

»Ich meine, vielleicht möchte er Sie nur in Sicherheit wiegen und nimmt sich eine gewisse Zeit zusammen. Eines Tages wird er dann sein wahres Gesicht zeigen. Sie wissen ja, wie lange diese Burschen ihre Neurosen verbergen können.«

Er schüttelte den Kopf und warf mir einen vorwurfsvollen Blick zu. »Wir dürfen keine voreiligen Schlüsse ziehen, Mr. Wooster, sondern müssen unvoreingenommen sein Verhalten beobachten. Sie erinnern sich vielleicht, wie sehr ich mich in Ihrem Fall geirrt hatte, als ich jene dreiundzwanzig Katzen in Ihrem Schlafzimmer fand.«

Ich wurde rot. Schließlich waren inzwischen einige Jahre vergangen, und es wäre taktvoller gewesen, davon zu schweigen.

»Das wurde ja aufgeklärt.«

»Stimmt genau. Deshalb bin ich auch vorsichtiger geworden. Ich werde mich über Wilbert Pudding erst äußern, wenn ich meinen Verdacht durch Beweise erhärten kann.«

»Und dann werden Sie ihm den Garaus machen?«

»Das ist der Sinn meiner derzeitigen Tätigkeit. Aber Sie haben geläutet, Mr. Wooster. Wünschen Sie etwas?«

»Eigentlich wollte ich einen Whisky mit Soda, aber es ist mir peinlich, Sie zu belästigen.«

»Ich bitte Sie, mein lieber Wooster. Sie vergessen wohl, daß ich im Moment hier Butler bin, und zwar, wie ich hoffe, ein aufmerksamer Butler. Sie werden selbstverständlich sofort Ihren Drink bekommen.«

Als er mich allein ließ, überlegte ich, ob ich ihm sagen sollte, daß Mrs. Pudding ebenfalls nach Beweisen suchte. Aber ich beschloß, ihn nicht zu beunruhigen. Es reichte schon, daß er auf den Namen Swordfish hören mußte.

Als er wiederkam, brachte er nicht nur den gewünschten Drink, sondern auch einen Brief, der, wie er sagte, mit der Nachmittagspost gekommen war. Ich trank einen kräftigen Schluck, warf einen Blick auf den Umschlag und stellte fest, daß der Brief von Jeeves war. Ich öffnete ihn ohne viel Spannung, weil ich den Inhalt zu kennen glaubte. Sicherlich wollte mir Jeeves seine Ankunft in Herne Bay mitteilen und mir eine schöne Zeit in Brinkley Court wünschen.

Es handelte sich aber keineswegs nur um harmlose Urlaubsgrüße. Ich muß sehr verblüfft ausgesehen haben, denn Sir Roderick beobachtete mich neugierig.

»Hoffentlich keine schlechten Nachrichten, Mr. Wooster?«

»Das kommt darauf an, was Sie darunter verstehen. Dieser Brief ist von meinem Butler Jeeves, der gerade in Herne Bay seinen Urlaub verbringt, und enthält eine wichtige Information über Wilbert Pudding.«

»Wirklich? Das ist ja hochinteressant.«

»Ich sagte Ihnen bereits, daß ich vor Jeeves' Abreise mit ihm über Wilbert Pudding gesprochen habe, weil Tante Dahlia mir am Telefon gesagt hatte, die Puddings wären zur Zeit hier zu Gast. Er konnte sich an irgendeine Sache, die er gehört hatte, nicht mehr erinnern. Nun ist sie ihm gottlob wieder eingefallen. Wissen Sie, was er schreibt? Dreimal dürfen Sie raten.«

»Mr. Wooster, das ist wohl kaum der Moment für Ratespiele!«

»Vielleicht haben Sie recht, obwohl es mir Spaß machen würde. Das erraten Sie nämlich nie. Wilbert Pudding ist ein... Wie war nur das Wort?« Ich sah noch einmal im Brief nach. »Er ist ein Kleptomane«, sagte ich dann. »Falls Ihnen der Begriff nichts sagen sollte: Er ist ein Bursche, der alles klaut, was nicht niet- und nagelfest ist.«

»Ach, du meine Güte!«

»Mit Güte werden wir kaum etwas ausrichten und ihn schon gar nicht am Stehlen hindern. Wir werden aufpassen müssen.«

»Kleptomanie hätte ich ihm niemals zugetraut.«

»Ich sagte bereits, daß er sich offensichtlich mit Erfolg verstellt. Vielleicht haben ihn seine Eltern aus Amerika mitgebracht, um ihn aus dem verführerischen Broadway-Milieu herauszuholen.«

»Zweifellos.«

»Wenn man aber bedenkt, daß wir hier in England mindestens genausoviel Verführung zu bieten haben wie Amerika, kommt Ihnen da nicht ein Gedanke?«

»Und ob! Ich denke an die wertvolle Silbersammlung Ihres Onkels.«

»Ich auch.«

»Sie muß für den unglücklichen jungen Mann eine große Versuchung darstellen.«

»Ich würde ihn nicht als unglücklich bezeichnen. Vermutlich macht es ihm Spaß, die seltenen Stücke zu stibitzen.«

»Wir müssen sofort nachsehen, ob etwas in der Sammlung fehlt.«

»Ich vermute, alles bis auf die Decke und den Fußboden im Antiquitätenzimmer.«

Ich erhob mich aus dem bequemen Sessel, um mit Sir Roderick den Raum zu inspizieren, in dem die Silbersammlung untergebracht war. Das war schneller gesagt als getan, denn der berühmte Irrenarzt war recht behäbig und bewegte sich nur langsam vorwärts. Als wir Onkel Toms Schatzkammer endlich erreicht hatten, waren wir froh, eine scheinbar vollzählige Sammlung vorzufinden. Sir Roderick wischte sich den Schweiß von der Stirn und stöhnte erleichtert. In dem Moment entdeckte ich die Lücke.

Das silberne Milchkännchen aus dem achtzehnten Jahrhundert fehlte in der Sammlung.

7

Das silberne Milchkännchen, von dem schon mehrmals die Rede war, war eine Kuh mit erhobenem Schwanz, herrlich blödem Gesichtsausdruck und prallem Euter. Ihr Rücken ließ sich zum Milcheinfüllen öffnen, der Schwanz diente als Henkel und das Maul als Tülle, nicht etwa das Euter. Ich habe nie begriffen, wie so ein alberner Gebrauchsgegenstand aus dem achtzehnten Jahrhundert auch heute noch so begehrt sein konnte. Aber Onkel Tom schien diesen Kitsch zu mögen, und Wilbert Pudding offensichtlich auch. Über Geschmack läßt sich bekanntlich streiten...

Aber lassen wir die Geschmacksfrage beiseite. Ob jenes Milchgefäß schön oder häßlich, geschmackvoll oder kitschig war, sei dahingestellt. Auf jeden Fall war es verschwunden, und das wollte ich Sir Roderick gerade berichten, als Bobbie Wickham zu uns trat.

Sie hatte ihr kariertes Hemd und die Bermuda-Shorts gegen ein Reisekostüm vertauscht und strahlte wie immer vor Fröhlichkeit.

»Hallo, was gibt's? Du siehst bekümmert aus, Bertie.«

»Dazu habe ich auch allen Grund. Kennst du die silberne Kuh von Onkel Tom?«

»Nein, was ist das?«

»Ein Milchkännchen aus dem achtzehnten Jahrhundert. Es sieht scheußlich aus, ist aber sehr wertvoll. Onkel Tom ist auf diese Rarität besonders stolz. Er liebt die dämliche Kuh wie seinen Augapfel.«

»Soll er mit seiner Liebe glücklich werden.«

»Das kann er nicht mehr. Das verdammte Ding ist verschwunden.«

Neben mir hörte ich ein eigenartiges Glucksen, und dann sah ich Sir Roderick Glossop, der die Augen verdrehte und schwer nach Atem rang, als fühlte er sein Ende nahen.

»Verschwunden?« fragte er, nachdem er sich vom ersten Schrecken erholt hatte.

»Verschwunden«, wiederholte ich lapidar.

»Sind Sie sicher? Können Sie es nicht übersehen haben?«

»Dieses Monstrum kann man nicht übersehen.«

Er schien verzweifelt zu sein.

»Aber das ist ja entsetzlich«, stöhnte er.

»Ich gebe zu, es ist nicht angenehm.«

»Ihr Onkel wird sich sehr aufregen.«

»Ja, er wird junge Hunde kriegen.«

»Junge Hunde?«

»Ja.«

»Warum junge Hunde?«

»Warum nicht?«

Bobbie begriff offensichtlich überhaupt nichts, als sie unserem geistreichen Dialog lauschte, und starrte mich unverwandt an.

»Ich verstehe das nicht«, meinte sie schließlich. »Wie kann das Milchkännchen verschwinden?«

»Es ist geklaut worden.«

»In Landhäusern wird nicht geklaut.«

»Doch, wenn Wilbert Pudding seine langen Finger im Spiel hat. Er ist ein Klept...« sagte ich und hielt ihr Jeeves' Brief unter die Nase, weil ich den Fachausdruck für Leute, die einen krankhaften Trieb zum Stehlen verspüren, vergessen hatte.

Bobbie las das Schreiben sehr genau, und als sie den Inhalt endlich begriffen hatte, rief sie empört: »Das sind ja herrliche Geschichten! Wer weiß, was in den nächsten Tagen noch alles auf uns zukommt.«

In der Beziehung war ich völlig ihrer Meinung.

»Sie werden sich wohl jetzt ein Gutachten abringen können, daß dieser Mensch total verrückt ist, Sir Roderick«, wandte sie sich an den Psychiater.

Sir Roderick Glossop antwortete nicht sofort. Er grübelte eine ganze Weile. Vermutlich verglich er den Fall Wilbert Pudding mit ähnlichen Krankheitsfällen.

»Es steht außer Frage, daß diese spezielle Bewußtseinstrübung durch übergebührliche Umweltbelastungen und -schäden ausgelöst wird«, referierte er. Bobbie, die keine Lust hatte, sich einen wissenschaftlichen Vortrag anzuhören, klopfte ihm leutselig auf die Schulter und unterbrach ihn.

»Es freut mich, daß Sie sich endlich in dieser Angelegenheit zu einer Meinung durchgerungen haben. Sie müssen Ihre Erkenntnis Mrs. Travers mitteilen, sobald sie zurückkommt. Es wird ihre Position gegen Upjohn stärken. ›Wie kann man das arme Mädchen an einen Mann verheiraten, der an Bewußtseinstrübung leidet?‹ wird sie fragen, und Upjohn wird um eine Antwort verlegen sein. Damit wäre das Problem Wilbert und Phyllis erledigt.«

»Dieses Problem wohl«, bemerkte ich spitz. »Aber Onkel Tom hat ein wertvolles Stück seiner Sammlung eingebüßt.«

Bobbie schob die Unterlippe vor und runzelte nachdenklich die Stirn.

»Ja, das ist wahr. Zu dumm. Aber was können wir dagegen unternehmen?«

Sie sah mich fragend an, und als ich den Kopf

schüttelte, wandte sie sich Sir Roderick Glossop zu.

»Die Lage ist äußerst heikel. Sie verstehen doch, Mr. Wooster?« Der Psychiater blickte hilfesuchend zu mir.

»Ganz recht, ich verstehe nur zu gut. Wir sind in der Zwickmühle.«

»Ihr Onkel kann unmöglich den jungen Mann wegen des Diebstahls zur Rede stellen und das gestohlene Stück zurückfordern. Mrs. Travers hat mir ausdrücklich erklärt, daß die Puddings unter keinen Umständen...«

»...verärgert werden dürfen«, kam ich Sir Roderick zu Hilfe, die er aber zurückwies.

»Nein, *beleidigt* war das Wort.«

»Das kommt aufs gleiche hinaus.«

»Und zweifellos würden sie sich beleidigt fühlen, wenn man ihren Sohn als Dieb entlarvt.«

»Sie würden auf die Palme steigen. Wenn sie selbst auch wissen, daß ihr Sohn ein sauberer Langfinger ist, so möchten sie trotzdem nicht, daß man es ihnen unter die Nase reibt.«

»Genau.«

»In ihrer Anwesenheit schweigt man also taktvoll über diese Angelegenheit.«

»So ist es leider. Deshalb sehe ich auch keinen Weg, wie wir etwas unternehmen könnten.«

»Mir geht es ebenso.«

»Mir nicht«, meldete sich Bobbie und lächelte spitzbübisch.

Ich fröstelte trotz der Sommerhitze. Aus zahlreichen Erfahrungen wußte ich, daß Bobbie wieder einen ihrer berüchtigten Blitzeinfälle hatte, und mir war klar, wie gefährlich sie dann für ihre Umwelt und ganz besonders für mich wurde.

Sir Roderick Glossop, der Roberta nicht so gut kannte wie ich, sah sie erwartungsvoll an. In seinen Augen leuchtete ein Hoffnungsschimmer.

»Sie wissen einen Ausweg, Miss Wickham?«

»Selbstverständlich. Kennen Sie Wilberts Zimmer?«

Sir Roderick nickte.

»Sind Sie nicht auch der Meinung, daß das Milchkännchen nur in seinem Zimmer sein kann? Wenn nämlich jemand in einem Landhaus etwas stibitzt, hat er kaum eine andere Möglichkeit, als die Beute in seinem Zimmer aufzubewahren.«

Sir Roderick stimmte ihr zu. Da Wilbert den Landsitz seit seiner Ankunft noch nicht verlassen hatte, mußte sich die silberne Kuh ebenfalls noch hier befinden. Er blickte Roberta überrascht an.

»Und Sie schlagen also vor, daß...«

»Daß jemand Wilberts Zimmer gründlich durchsucht. Ganz recht. Bei dieser ehrenvollen Aufgabe habe ich übrigens an dich gedacht, Bertie.«

Es überraschte mich keineswegs. Wie ich schon sagte, hatte ich etwas Ähnliches erwartet. Und obwohl ich wußte, daß mir mein Protest nichts nützen würde, unternahm ich einen schüchternen Versuch, mich zu wehren.

»Warum ich?« fragte ich.

»Das ist eine Aufgabe für einen jungen Mann.«

»Das sehe ich nicht ein«, entgegnete ich schwach, denn ich wußte aus Erfahrung, daß Bobbie nicht aufgeben würde. »Man sollte meinen, daß ein reifer Mann für diese Aufgabe geeigneter wäre als ein Anfänger wie ich. Ich habe schon als Kind im Versteckspiel versagt.«

»Stell dich nicht so an, Bertie. Es wird dir Spaß machen«, versuchte sie mich zu ermuntern. »Nimm einmal an, Bertie, du bist ein Agent im Geheimdienst und mußt ein Juwel, das aus dem Kronschatz Ihrer Majestät gestohlen worden ist, aus den Gemächern eines fremden Staatsoberhauptes diskret zurückholen. Das wäre doch der Auftrag deines Lebens, nicht wahr?«

»Haha! Und wenn mich jemand überrascht?«

»Sei nicht dumm, Mrs. Pudding arbeitet an ihrem Buch. Phyllis tippt die Rede ihres Vaters. Wilbert ist spazierengegangen. Alle sind beschäftigt. Der einzige, der dich stören könnte, ist der Geist von Brinkley Court. Und den ignorierst du einfach, wenn er vorbeischaut. Haha!«

»Haha«, fiel Sir Roderick in ihr albernes Gelächter ein.

Ich empfand das Benehmen der beiden als geschmacklos. Ich machte auf dem Absatz kehrt und flüchtete ins Freie, um so meinen Unwillen zu bekunden. Dabei ahnte ich bereits, daß ich mich wie immer dem Unvermeidlichen fügen würde, wenn auch nicht sofort. Als mich Bobbie im Garten einholte und mich mit süßen Schmeichelworten für ihren Plan gewinnen wollte, ließ ich sie eiskalt abblitzen.

Es war ein wunderschöner Nachmittag. Die Sonne schien, und der Himmel war strahlend blau. Die Bienen summten, und die Vögel zwitscherten. Einen solchen Nachmittag verbrachte man am besten in Gottes freier Natur – mit einem kühlen Drink in der Hand. Ich aber sollte auf Zehenspitzen durch Korridore schleichen und das Zimmer eines mir verhältnismäßig fremden Gastes durchstöbern, vielleicht sogar unter Betten kriechen und mich dabei schmutzig machen! Diese ganze Strapaze sollte ich auf mich nehmen, weil eine Frau es wollte. Wir Woosters waren leider immer zu unserem eigenen Schaden Kavaliere gewesen. Zu dumm.

Als ich an Wilberts Schlafzimmertür angekommen war, zögerte ich einen Moment, um Mut zu fassen. Dabei fielen mir wieder die Jahre in Malvern House ein, wo ich mich so manchesmal um Mitternacht in Aubrey Upjohns Arbeitszimmer eingeschlichen hatte, um Kekse zu stibitzen, die in einer Dose auf seinem Schreibtisch standen. Ich werde nie die Prügel vergessen, die ich bezog, als ich eines Nachts im Pyjama in sein Heiligtum eindrang und er an seinem Schreibtisch saß und selber Kekse aß. Jene sechs Schläge gehörten zu den saftigsten, die mein Hinterteil je hatte einstecken müssen.

Ich lauschte an der Tür. Aber außer dem Pochen meines eigenen Herzens sowie leisem Schreibmaschinengeratter am anderen Ende des Ganges hörte ich nichts. Ich drückte die Klinke lautlos hinunter, öffnete behutsam die Tür und stand plötzlich vor einem Dienstmädchen, das vor Schreck in die Höhe hüpfte.

»O Gott!« stöhnte sie, als sie sich wieder gefangen hatte. »Haben Sie mich aber erschreckt, Sir.«

»Das tut mir leid, gutes Mädchen«, beruhigte ich sie. »Ich suche Mr. Pudding.«

»Und ich suche eine Maus«, erwiderte das Dienstmädchen treuherzig.

Ich hatte das Gefühl, daß diese Maus mir noch von Nutzen sein könnte.

»Woher wollen Sie wissen, ob es in diesem Teil des Hauses Mäuse gibt?«

»Ich sah heute morgen eine, als ich das Zimmer putzte. Deshalb habe ich Augustus mitgebracht.« Sie zeigte auf einen langen schwarzen Kater, den ich erst in diesem Augenblick bemerkte. Ich erkannte in ihm einen guten alten Freund, mit dem ich schon oft gefrühstückt hatte. Ich bekam das Rührei, er die Milch.

»Augustus wird die Maus schon fangen«, meinte sie zuversichtlich.

Ich hatte die ganze Zeit darüber nachgedacht, wie ich das Dienstmädchen verscheuchen könnte, ohne grob zu werden. Man kann schließlich kein Zimmer durchsuchen, während das Dienstpersonal zuschaut. Andererseits kann man so ein Mädchen nicht am Schürzenzipfel packen und hinauswerfen. Zuerst war mir nichts eingefallen, jetzt aber, als sie Augustus unterstellte, daß er Mäuse fangen könnte, kam mir die rettende Idee.

»Das bezweifle ich«, entgegnete ich skeptisch. »Sie sind neu hier, nicht wahr?«

Sie gestand, daß sie erst seit einem Monat in Tante Dahlias Haus tätig war.

»Das dachte ich mir«, erklärte ich und lächelte gewinnend. »Augustus ist ein alter Herr, der keinen Appetit auf Mäuse hat. Ich kenne Augustus schon lange und kann mich kaum noch erinnern, wann er das letzte Mal auf Mäusejagd ging. Er frißt nur Delikatessen, ansonsten schläft er sehr gern. Sehen Sie nur, jetzt ist er schon wieder eingeschlafen.«

»Tatsächlich!«

»Es ist eine Art Schlafsucht, für die es sogar einen wissenschaftlichen Namen gibt. Traumatische Symplegie, glaube ich. In einfachen Worten heißt das: Augustus ist zu müde, um sich anzustrengen. Er möchte am liebsten den ganzen Tag schlafen und nur gelegentlich, wenn es einen Leckerbissen gibt, geweckt werden. Wenn Sie meinen Rat befolgen, dann bringen Sie ihn wieder in die Küche zurück.

Hier vergeuden Sie nur Ihre Zeit.«

Meine Beredsamkeit verfehlte ihre Wirkung nicht. Das Dienstmädchen nahm den verschlafenen Kater auf den Arm und räumte das Feld.

8

Von Dienstmädchen und Kater befreit, fand ich Muße, meine Umgebung zu betrachten, und stellte fest, daß die Hausherrin alle Mittel der Diplomatie eingesetzt hatte, um die Pudding-Familie für sich zu gewinnen. Wilbert Pudding residierte im Blauen Zimmer, und das war eine Ehre, die selten einem Junggesellen zuteil wurde. Unverheiratete junge Leute mußten in Brinkley Court wie in allen Landhäusern mit schlichten Kammern vorliebnehmen. Mein eigenes Schlafgemach, um nur ein Beispiel zu nennen, glich einer Mönchszelle und bot keinerlei Komfort. Ich selbst hatte noch nie die Ehre gehabt, im Blauen Zimmer einquartiert zu werden. Einmal hatte ich es Tante Dahlia vorgeschlagen, woraufhin sie nur gedehnt fragte: »Du?« und sofort das Thema wechselte.

Die Ausstattung des Blauen Zimmers war gediegen, ein Schlafzimmer im Viktorianischen Stil. Es hatte Onkel Toms Vater gehört, der auf Qualität Wert legte. Das Mobiliar bestand aus einem Himmelbett, einem Toilettentisch, einem massiven Schreibtisch, mehreren Stühlen und einem Schrank, in dem man ein Dutzend Leichen hätte verstecken können. Die meisten Leute, denen man gesagt hätte, sie sollten in diesem Zimmer ein Milchkännchen finden, hätten das Unternehmen sofort abgebrochen.

Was mich aber von einem gewöhnlichen Menschen, der etwas sucht, unterscheidet, ist meine Belesenheit. Schon in meiner Kindheit las ich Spannungsromane, bevor man die Gattung der Kriminalromane und Thriller erfand. Aus der Lektüre jener Romane wußte ich, daß das beliebteste Versteck die Oberseite eines Schrankes ist, und ich hatte keinen Grund zu der Annahme, daß Wilbert Pudding in dieser Beziehung exklusive Vorstellungen entwickelt hatte. Deshalb griff ich beherzt zu einem Stuhl, stellte ihn gegen den Schrank und kletterte hinauf. Ich wollte gerade mit meinen Nachforschungen beginnen, als Bobbie Wickham, die sich lautlos eingeschlichen hatte, hinter meinem Rücken fragte: »Wie kommst du voran?«

Dieses Mädchen war wirklich zum Verzweifeln. Eigentlich hätte sie, als sie noch auf dem Schoß ihrer Mutter saß, schon lernen müssen, daß man einen jungen Mann in einer solchen heiklen Situation nicht plötzlich von hinten anspricht. Die Folgen waren entsetzlich: Ich plumpste vom Stuhl wie ein prallgefüllter Mehlsack. Mein Puls raste, der Blutdruck stieg bedrohlich an, und das Blaue Zimmer drehte sich wie ein Karussell.

Während ich mich allmählich von dem Schrecken erholte, stellte ich fest, daß Bobbie mich in meiner unglücklichen Lage allein gelassen und das Weite gesucht hatte. Ich war zwischen den Stuhlbeinen eingeklemmt und fühlte mich ungefähr wie Reginald Herring, als er nach seinem Sturz auf der Skipiste beide Beine um den Hals gewickelt hatte – oder wie eine Maus in der Falle.

Eine Befreiung ohne fremde Hilfe erschien mir zuerst unmöglich. Ich versuchte es mit Ziehen und Zerren und hatte schließlich Erfolg. Die hartnäckigen Stuhlbeine gaben Stück für Stück von meinem eingeklemmten Körper wieder frei. Bevor ich aber dazu kam, mich aufzurichten, hörte ich wieder eine Stimme, die entsetzt ausrief: »Um Himmels willen!«

Das war nicht etwa der Geist von Brinkley Court, wie ich in der ersten Verwirrung angenommen hatte, sondern Mrs. Homer Pudding, die mich argwöhnisch betrachtete. Diesmal hatte sie auf dem Kinn einen Tintenfleck.

»Mr. Wooster!« kreischte sie schrill.

Mir fiel nichts Geistreiches ein, deshalb rief ich: »Hallo!«

Damit wollte sie sich aber nicht zufriedengeben, sondern fragte mich, was ich im Zimmer ihres Sohnes verloren hätte.

Wenn ich auf zwei Beinen stehend für meine Schlagfertigkeit bekannt war, so ergab sich jetzt die Gelegenheit, sie auf allen vieren zu beweisen. Dabei zeigte sich, daß das Zusammentreffen mit dem Dienstmädchen und Kater Augustus mir durchaus von Nutzen war. Während ich mein fülliges Haupthaar von einem Stuhlbein befreite, gelang mir ein treuherziger Augenaufschlag, als ich sagte: »Ich suche eine Maus.«

Sie hätte zum Beispiel antworten können: Ach so, Sie suchen nur eine Maus. Dann ist ja alles in Ordnung. Damit wäre ihr baldiger Abgang zu erwarten und die Fortsetzung meines Unternehmens gesichert gewesen. Aber den Gefallen tat sie mir nicht.

»Eine Maus?« fragte sie ungläubig. »Was meinen Sie damit?«

Nun, wenn sie nicht wußte, was eine Maus ist, dann stand uns noch ein schönes Stück Arbeit bevor. Aber ihr nächster Satz erklärte das Mißverständnis und zeigte, daß ihre Frage weniger auf das Sein als auf die Existenz der Maus abzielte.

»Wie kommen Sie darauf, daß in diesem Zimmer eine Maus ist?«

»Die Wahrscheinlichkeit ist sehr groß.«

»Haben Sie sie gesehen?«

»Nein, bis jetzt noch nicht.«

»Warum suchen Sie sie dann?«

»Oh, mir war gerade danach zumute.«

»Und warum sind Sie auf einen Stuhl gestiegen?«

»Ich wollte mir einen besseren Überblick verschaffen, so eine Art Vogelperspektive, müssen Sie wissen.«

»Gehen Sie oft auf Mäusesuche in anderer Leute Zimmer?«

»Oft nicht. Nur wenn ich Lust dazu verspüre. Kennen Sie dieses Gefühl nicht?«

»Ich verstehe. Nun ja...«

Wenn Leute in dieser Weise »Nun ja« sagen, habe ich das Gefühl, daß die Audienz beendet und die Zeit zum Abschied gekommen ist. Woosters waren offensichtlich im Zimmer ihres Sohnes unerwünscht, deshalb erhob ich mich, putzte meine Hosenbeine und verabschiedete mich mit den besten Wünschen für ihren neuen Roman. An der Tür drehte ich mich zufällig noch einmal um und sah, daß sie mir argwöhnisch nachblickte. Mir war bewußt, daß sie mein Benehmen merkwürdig fand, und ich will gar nicht behaupten, daß es das nicht war. Alle, die sich zu ihren Handlungen von Roberta Wickham anstiften ließen, benahmen sich nun einmal merkwürdig.

Wonach mir nach diesem mißglückten Abenteuer der Sinn stand, war eine ernste Aussprache mit diesem Satan von Weib. Ich fand sie nach langer Suche in meinem Liegestuhl, wo sie es sich bequem gemacht hatte und in Adela Puddings Krimi las, den ich mir nach dem Mittagessen aus Tante Dahlias Bibliothek geholt hatte. Sie empfing mich mit einem honigsüßen Lächeln und fragte: »Schon zurück? Hast du das Kännchen gefunden?«

Ich konnte meinen Zorn nur mühsam beherrschen und erwiderte kurz, aber höflich: »Nein, ich habe es nicht gefunden.«

»Du kannst nicht gründlich gesucht haben.«

Wieder mußte ich mich zusammennehmen und mich selbst daran erinnern, daß ein englischer Gentleman keine Dame verprügelt, wie groß die Herausforderung auch sein mag.

»Mir fehlte die Zeit, um gründlich zu suchen. Ich bin von halbverrückten Weibern gestört worden.«

»Nun, ich wollte doch nur wissen, wie du vorankommst.«

Sie kicherte albern. »Wie bist du vom Himmel gefallen, o Luzifer, Sohn des Morgens...« deklamierte sie mit getragener Stimme. Dann kicherte sie wieder. »Das war ein toller Sturz. Du bist fürchterlich neurotisch, Bertie. Nimm dich mehr zusammen, und sei nicht immer so fahrig. Du brauchst eine nervenstärkende Medizin. Ich bin sicher, daß dir Sir Roderick etwas Geeignetes zusammenbraut, wenn du ihn bittest. Und bis dahin?«

»Was soll das heißen: ›Bis dahin‹?«

»Nun, wie sehen deine weiteren Pläne aus?«

»Ich schlage vor, du räumst jetzt endlich meinen Liegestuhl, damit ich mich wieder hineinlegen kann, und gibst mir das Buch zurück, dessen erste Kapitel mich sehr gefesselt haben. Dann werde ich weiterlesen und die unglückliche Geschichte vergessen.«

»Du willst doch nicht sagen, daß du keinen zweiten Versuch wagst?«

»Nein, ich denke nicht daran, noch einmal in die Höhle des Löwen zu kriechen.«

»Aber das Kännchen? Denke an Onkel Toms Kummer, wenn er von diesem Diebstahl erfährt.«

»Onkel Tom kann mir gestohlen bleiben.«

»Bertie! Dein Verhalten ist unmöglich.«

»Dein Verhalten wäre nicht anders, wenn du, auf dem Boden von Wilberts Zimmer liegend, einen Stuhl um den Hals gewickelt, von Adela Pudding erwischt worden wärst.«

»Verflixt! Sie hat dich gesehen?«

»Höchstpersönlich.«

»Und was hast du gesagt?«

»Ich habe ihr erzählt, daß ich eine Maus suche.«

»Ist dir nichts Besseres eingefallen?«

»Nein.«

»Und wie ging die Geschichte aus?«

»Ich verschwand und ließ sie in dem Glauben zurück, ich hätte nicht alle Tassen im Schrank. Wenn du mir nach diesem Versuch einen zweiten vorschlagen willst, dann kann ich nur müde lächeln«, sagte ich und verzog mein Gesicht. »Keine zehn Pferde bringen mich ein zweites Mal in dieses Unglückszimmer. Und wenn du mir eine Million in kleinen Scheinen anbietest!«

Sie zog eine Schnute, um mir zu zeigen, wie sehr ich sie enttäuschte.

»Ist das der vielgerühmte Mut der Woosters?«

»Beim jetzigen Stand der Dinge, ja.«

»Bist du ein Mann oder eine Maus?«

»Ich möchte dich bitten, in meiner Gegenwart nicht mehr von Mäusen zu sprechen.«

»Und ich meine, du solltest es noch einmal versuchen. Du kannst doch nicht kurz vor dem Ziel aufgeben. Ich werde dir diesmal helfen.«

»Haha!«

»Du wiederholst dich.«

»Du nie. Dir fällt immer eine neue Eselei ein.«

»Hör zu, Bertie. Es kann wirklich nichts schiefgehen, wenn wir zusammenarbeiten. Mrs. Pudding wird diesmal nicht kommen. Der Blitz schlägt auch nicht zweimal in denselben Baum ein.«

»Wer will sich darauf verlassen?«

»Und wenn sie auftaucht... Paß auf, ich habe einen Plan. Du gehst hinein und suchst, und ich bleibe vor der Tür stehen.«

»Glaubst du, daß das eine große Hilfe ist?«

»Selbstverständlich. Sobald ich sie kommen sehe, singe ich ein Lied.«

»Es macht mir immer Freude, deinem Koloratursopran zu lauschen. Aber ich verstehe nicht, wie mir das helfen kann.«

»Liebster Bertie, du bist ein unverbesserlicher Tor. Begreifst du denn nicht? Sobald mein Gesang einsetzt, weißt du, daß Gefahr droht, und hüpfst aus dem Fenster.«

»Um mir mein zartes Genick zu brechen.«

»Warum willst du dir dein Genick brechen? Vor dem Blauen Zimmer ist ein Balkon, das Fenster muß eigentlich eine Tür sein. Ich habe neulich beobachtet, wie Wilbert Pudding auf dem Balkon seine morgendlichen Kniebeugen machte. Er atmete tief ein, wenn er sich streckte, und aus, wenn er in die Hocke ging. Dann…«

»Wilbert Pudding übertreibt alles. Lassen wir seine morgendlichen Exzesse beiseite.«

»Ich wollte doch nur sagen, daß es vor dem Zimmer bestimmt einen Balkon gibt, und wenn du den erst einmal erreicht hast, bist du in Sicherheit. Vom Balkon führt nämlich ein Regenrohr hinunter in den Garten. Das ermöglicht dir einen schnellen Abgang von der Bühne. Du gleitest einfach an dem Rohr hinunter, schlenderst dann fröhlich durch den Garten und singst ein Zigeunerlied. Du willst mir doch nicht weismachen, daß du etwas gegen Regenrohre hast. Jeeves erzählte mir, es sei sozusagen dein Lieblingssport, daran herunterzurutschen.«

Ich dachte nach. Natürlich hatte ich mit Regenrohren reiche Erfahrung. Ich war schon des öfteren in unangenehme Situationen geraten, denen ich mich auf diese Weise entzogen hatte. Auf diesem ungewöhnlichen Weg hatte ich zum Beispiel Skelding Halls verlassen, nachdem der Anschlag auf Sir

Rodericks Wärmflasche ruchbar geworden war. Dennoch empfand ich es ein wenig übertrieben, in dem Zusammenhang von Sport zu sprechen. Auf diese Weise ein Haus zu verlassen, war mir allerdings nicht unvertraut und beanspruchte meine Nerven nicht über Gebühr, das mußte ich ehrlich gestehen. Deshalb begann ich, mich für den Plan, den Roberta ausgeheckt hatte, langsam zu erwärmen.

Den Ausschlag aber gab der Gedanke an Onkel Tom. Seine Liebe für das silberne Milchkännchen mochte eine Geschmacksverirrung sein, aber man konnte schließlich nicht die Tatsache übersehen, daß er an dem albernen Ding mit ganzem Herzen hing. Wenn er nun aus Harrogate zurückkam und sich am Anblick seiner silbernen Kuh laben wollte, wie enttäuscht würde er da sein! Ein Neffe, der seinen Onkel liebt, erspart ihm am besten eine solche Enttäuschung. Ich hatte zwar gesagt, Onkel Tom könnte mir gestohlen bleiben, aber das war nicht so gemeint. In Wirklichkeit hing ich an meinem angeheirateten Onkel und konnte nicht vergessen, wie oft er mich während meiner Schulzeit in Malvern House mit Geldgeschenken beglückte. Hatte damals er mir aus der Patsche geholfen, so hatte ich jetzt Gelegenheit, mich zu revanchieren.

So kam es also, daß ich fünf Minuten später ein zweites Mal vor der Tür des Blauen Zimmers stand, an meiner Seite Bobbie, die jetzt noch nicht sang, aber sich darauf vorbereitete, eine Arie zu schmettern, falls Gefahr drohte.

Meine Nerven waren zwar erregt, aber nicht so heftig wie früher in ähnlichen Situationen. Ich fühlte mich sicherer, weil ich wußte, daß Bobbie vor der Tür Wache hielt. Jeder Geldschrankknacker wird bezeugen, daß er beim Einbruch nur die halbe Angst aussteht, wenn ein zuverlässiger Kumpel Schmiere steht, um im entscheidenden Moment zu rufen: »Abhauen! Bullen im Anmarsch!«

Nur um mich zu vergewissern, daß Wilbert von seinem Ausflug noch nicht zurückgekehrt war, klopfte ich an die Tür. Es rührte sich nichts. Die Luft war rein. Bobbie nickte mir zu.

»Jetzt wiederhole, was du zu tun hast, wenn ich singe.«

»Auf den Balkon flüchten.«

»Und?«

»Am Regenrohr hinunterrutschen.«

»Und?«

»Mich aus dem Staub machen.«

»In Ordnung. An die Arbeit«, befahl sie, und ich betrat das Blaue Zimmer.

Alles war so, wie ich es verlassen hatte. Ich nahm mir wieder einen Stuhl, kletterte hinauf und untersuchte den Schrank. Alles war leer. Vermutlich sind Kleptomanen gerissener als gewöhnliche Diebe und verstecken ihre Beute nicht an gewöhnlichen Plätzen. Ich mußte also auch die übrigen Möbel durchsuchen und dabei auf Bobbies Gesangssolo warten. Als alles ruhig blieb, stöberte ich gelassen unter diesem und hinter jenem Möbel, und ich war gerade pflichtschuldig unter den Toilettentisch gekrochen, als ich eine mir inzwischen wohlbekannte Stimme vernahm und mir vor Schreck den Kopf anschlug.

»Um Gottes willen!« rief sie, und als ich unter dem wuchtigen Toilettentisch hervorkam, mußte ich ein zweites Mal den reizenden Besuch von Mrs. Pudding bewältigen. Sie stand vor mir und starrte mich an, als wäre ich der Geist von Brinkley Court. Das konnte ich ihr nicht verdenken. Schließlich muß doch eine Frau erschrecken, wenn sie das Schlafzimmer ihres Sohnes betritt und fremde Männerbeine unter dem Toilettentisch hervorgucken.

Das Frage-und-Antwort-Spiel wiederholte sich.

»Mr. Wooster!«

»Oh, hallo.«

»Sind sie schon *wieder* da?«

»Ja. Warum?« fragte ich, denn *daß* ich da war, konnte sie ja wohl sehen.

»Suchen Sie immer noch nach jener Maus?«

»Ja. Ich glaube, ich habe gesehen, wie sie unter den Toilettentisch gerannt ist. Ich werde sie fertigmachen, ohne Rücksicht auf Alter oder Geschlecht.«

»Wie kommen Sie auf die Idee, daß in diesem Zimmer eine Maus herumläuft?«

»Solche Ideen hat man doch manchmal.«

»Suchen Sie öfter Mäuse?«

»Ziemlich oft.«

Sie schien eine Erleuchtung zu haben.

»Und Sie glauben nicht zufällig, daß Sie eine Katze sind?«

»Nein, da bin ich ganz sicher.«

»Aber Sie verfolgen Mäuse?«

»Ja.«

»Sehr interessant. Ich muß unbedingt meinen Psychiater fragen, wenn ich wieder in New York bin. Er wird mir sicherlich sagen können, was dieser Mäusekomplex bedeutet. Sie haben ein dumpfes Gefühl im Kopf, nicht wahr?«

»Ja, ziemlich«, antwortete ich wahrheitsgemäß, denn meinem Kopf war der Schlag gegen den Toilettentisch wirklich übel bekommen. In den Schläfen fühlte ich einen stechenden Schmerz.

»Das dachte ich mir schon. Ich kann mir vorstellen, daß Ihre Stirn brennt. Jetzt tun Sie nur, was ich Ihnen rate. Gehen Sie auf Ihr Zimmer, und legen Sie sich hin. Entspannen Sie sich. Versuchen Sie, etwas zu schlafen. Vielleicht hilft auch ein starker Tee. Und ... Ich versuche mich an den Namen des Psychiaters zu erinnern, von dem die Leute hierzulande so angetan sind. Miss Wickham erwähnte ihn gestern. Bossom? Blossom? Glossop, genau. Sir Roderick Glossop. Ich meine, Sie sollten ihn konsultieren. Eine Freundin von mir ist zur Zeit in seiner Klinik in Behandlung, und sie sagt, er wäre ein wunderbarer

Arzt. Er soll schon viele hartnäckige Fälle geheilt haben. Bis dahin aber brauchen Sie Ruhe. Gehen Sie, und ruhen Sie sich aus.«

Während dieser Unterredung hatte ich mich der Tür genähert, indem ich seitwärts ein Bein neben das andere setzte, und genauso trippelte ich hinaus – wie eine Krabbe, die sich vor einem mit einer Buddelschaufel bewaffneten Kind vom Strand ins Wasser rettet. Aber ich ging nicht in mein Zimmer und entspannte mich auch nicht, sondern begab mich wutentbrannt auf die Suche nach Bobbie. Ich wollte mich bei ihr erkundigen, warum die Arie ausgeblieben war. Dabei hätten mir einige Takte eines schlichten Volksliedes schon genügt. Sie war mir eine Erklärung schuldig.

Ich fand sie schließlich vor dem Eingangsportal am Steuer ihres Wagens.

»Hallo, Bertie«, sagte sie seelenruhig. »Hast du das Kännchen?«

Ich knirschte mit den Zähnen und fuchtelte wild mit den Armen.

»Nein«, sagte ich und überging ihre Zwischenfrage, was meine Gymnastikübungen sollten. »Ich habe es nicht gefunden. Dafür hatte Adela Pudding mehr Glück. Sie ist abermals fündig geworden.«

Bobbie riß die Augen weit auf und qiekte wie ein Meerschweinchen. »Sag bloß nicht, daß sie dich schon wieder beim Schnüffeln ertappt hat.«

»Schnüffeln ist der richtige Ausdruck. Ich lag

nämlich halb unter dem Toilettentisch, mit der Nase auf dem Fußboden. Du und dein Gesang«, sagte ich bitter und warf ihr einen abfälligen Blick zu.

Sie riß die Augen noch weiter auf und quiekte ein zweites Mal.

»Oh, Bertie. Das tut mir leid!«

»Mir auch.«

»Ich wurde ans Telefon gerufen, weil meine Mutter anrief. Sie wollte mir sagen, daß du ein Tölpel bist.«

»Erstaunlich, über welch reichen Wortschatz sie verfügt.«

»Von ihren Freunden lernt sie sehr viel. Sie kennt nämlich sehr viele Schriftsteller.«

»Das scheinen eher Schimpfsteller zu sein.«

»Schon möglich. Übrigens war sie entzückt, als ich ihr versprach, noch heute heimzukommen. Sie möchte sich ausführlich mit mir unterhalten.«

»Über mich, nehme ich an.«

»Ja, dein Name wird sicherlich fallen. Aber ich kann jetzt nicht die Zeit verplaudern, Bertie. Wenn ich nicht sofort aufbreche, komme ich erst im Dunkeln heim. Zu schade, daß du dich wieder wie ein Elefant im Porzellanladen aufgeführt hast. Deinem armen Onkel wird das Herz brechen. Aber es gibt nicht nur Sonnenschein im Leben. Damit wird auch er sich abfinden«, sagte sie und fuhr so scharf an, daß die Kieselsteine wegspritzten.

Wenn Jeeves dagewesen wäre, hätte ich mich jetzt an ihn gewandt und mein Herz erleichtert. »Frauen, Jeeves!« hätte ich gerufen, und er hätte meinen Hilferuf verstanden und mit »Ja, Sir!« oder »Genau, Sir!« geantwortet. Das wäre Balsam für meine gekränkte Seele gewesen. Aber Jeeves war in den Ferien, und ich mußte mit meinem Kummer allein fertig werden. Ich lachte bitter und schlenderte zum Rasen, wo ich mich endlich der Lektüre von Adela Puddings Roman widmen wollte. Das würde meine erregten Nerven beruhigen.

Und so war es in der Tat. Ich hatte kaum ein paar Seiten gelesen, als meine müden Augen zufielen und ich wie Kater Augustus tief und fest einschlummerte.

Als ich nach zwei Stunden wieder aufwachte und meine Glieder wohlig streckte, erinnerte ich mich, daß ich das Telegramm an Reginald Herring vergessen hatte. Ich ging ins Haus und gab Tante Dahlias Einladung an irgendeinen Lakaien von der Post weiter, was beschwerlich war, da der Mensch am anderen Ende der Leitung offenbar schwerhörig war.

Nachdem ich mich dieser anstrengenden Pflicht entledigt hatte, strebte ich wieder ins Freie. Ich näherte mich gerade dem Rasen, als ich hinter mir das Geräusch eines heranrollenden Wagens hörte. Ich drehte mich um und traute meinen Augen nicht. Es war mein guter alter Freund Reginald Herring, der gerade aus dem Auto stieg.

9

Die Entfernung von London nach Brinkley Court beträgt etwa hundert Meilen. Vor zwei Minuten hatte ich das Telegramm an Reginald durchgegeben, und nun stand er vor der Tür. Das nenne ich eine prompte Bedienung, dachte ich.

Mit dieser Zeit brach Reginald den Rekord, den neulich ein Bursche im Drones Club aufgestellt hatte. Der Kerl erzählte bei einer Stehparty, daß er mit dem Auto nach Glasgow fahren wollte. »Wie weit ist das?« fragte ihn sein Gesprächspartner. »Dreihundert Meilen«, antwortete er. »Wie lange wirst du für die Strecke brauchen?« – »Oh, eine halbe Stunde etwa.«

Ich war also einigermaßen verwirrt, als ich über den Rasen schritt, um Reginald zu begrüßen.

Er hatte mich noch nicht bemerkt, und als ich ihn von hinten anrief, drehte er sich mit der Behendigkeit einer Katze um, die auf einem heißen Blechdach spazierengeht. Er sah mich ängstlich an, und in seinem Mienenspiel lag etwas, was ich nur schwer deuten konnte. Er sah aus, als hätte er eine schlechte Auster gegessen.

Dann begriff ich plötzlich, welcher Kummer ihn hergetrieben hatte, und lächelte. Bald würde mein guter alter Freund auch wieder lachen.

Er schluckte schwer. Dann sagte er mit tonloser Stimme: »Hallo, Bertie.«

»Hallo.«

»Da bist du ja.«

»Ja. Da bin ich.«

»Ich hoffte, dich hier anzutreffen.«

»Und jetzt hat sich dein Wunschtraum endlich erfüllt.«

»Du hast mir doch erzählt, daß du hiersein würdest.«

»Ja.«

»Wie geht's?«

»Prächtig.«

»Deine Tante ist gesund?«

»Ja.«

»Und du fühlst dich auch in Ordnung?«

»Mehr oder weniger.«

»Das ist die Hauptsache. Es ist ja nun schon eine Weile her, seit ich zuletzt hier in Brinkley Court war.«

»Ja.«

»Es sieht noch genauso aus wie früher.«

»Ja.«

»Ich meine, es hat sich gar nicht verändert.«

»Nein.«

»So ist es nun mal.«

Er schwieg und schluckte dann wieder schwer, und ich hatte das Gefühl, daß wir nach dem kurzen Vorgeplänkel jetzt bald zum Thema kommen mußten.

Ich hatte recht. Sein Gesicht verzog sich, als hätte

er schon wieder eine schlechte Auster erwischt, und er sagte: »Ich habe das Ding in der *Times* gelesen, Bertie.«

Eigentlich hätte ich meinen armen Freund jetzt von Robertas Plan unterrichten sollen, aber ich ließ ihn wie einen Fisch an der Angel zappeln und weidete mich an seinem Liebeskummer.

»Ach ja. In der *Times*. Diese Sache. Du hast es gesehen.«

»Im Club, nach dem Mittagessen. Ich wollte meinen Augen nicht trauen.«

Nun, mir war es ähnlich ergangen, aber das erwähnte ich nicht. Ich dachte darüber nach, wie typisch es für Bobbie war, nicht einmal ihn in ihren Schlachtplan einzuweihen. Entweder hatte sie es einfach vergessen, oder sie wollte ihr Geheimnis aus irgendeinem mir unverständlichen Grund nicht preisgeben. Ihre Motive waren immer recht seltsam und schwer zu durchschauen.

»Und ich werde dir auch sagen, warum ich es kaum glauben konnte. Vor wenigen Tagen hat sie sich nämlich mit *mir* verlobt.«

»Das kann doch nicht wahr sein.«

»Aber gewiß.«

»Mit dir verlobt?«

»Ja, und gleichzeitig muß sie diesen scheußlichen Betrug geplant haben.«

»Ein starkes Stück.«

»Eine größere Gemeinheit ist nicht auszudenken.

Aber so sind eben die Frauen – ein ekelhaftes Geschlecht. Man sollte die Weiber durch ein Gesetz verbieten.«

»Dann würde das Menschengeschlecht aussterben.«

»Na und? Was macht das schon?«

»Genau, was macht das schon?«

Er zertrat einen harmlosen Käfer, der es wagte, vor seinem Fuß herumzukrabbeln, und runzelte die Stirn, als er weitersprach: »Am meisten schockiert mich diese kalte, gefühllose Hartherzigkeit. Es gibt keinerlei Anzeichen dafür, daß ich so bald schon gegen einen anderen eingetauscht werden würde. Letzte Woche noch, als wir zusammen zum Essen gingen, schmiedete sie Pläne für die Hochzeitsreise. Und jetzt das! Ohne irgendwelche Warnung. Man sollte erwarten können, daß ein Mädchen, und sei es nur per Postkarte, ihren Partner von der Entlobung in Kenntnis setzt. Offensichtlich liegt ihr diese Denkweise fern, denn ich mußte ihre neuen Pläne aus der Zeitung erfahren. Ich war wie vor den Kopf geschlagen.«

»Das kann ich mir denken. Muß ein ganz schöner Schlag für dich gewesen sein.«

»Und ob. Ich habe gestern den ganzen Nachmittag darüber nachgedacht. Heute morgen habe ich im Büro Urlaub beantragt, mich dann ins Auto gesetzt und bin hergekommen, um dir die ganze Geschichte zu erzählen und …«

Er schwieg. Seine Gefühle schienen ihn zu überwältigen.

»Ja?«

»Ich wollte dir sagen, daß wegen dieser Sache unsere Freundschaft nicht in die Brüche gehen darf.«

»Natürlich nicht. Was für eine groteske Vorstellung!«

»Es ist eine so schöne, herzliche Freundschaft.«

»Ich habe keine besseren Freund.«

»Wir waren schon als Jungen zusammen.«

»In Malvern House und dann in Eton. Das verbindet.«

»Wir waren wie Brüder. Ich habe mein letztes Stück Marzipan mit dir und du hast den letzten Beutel Drops mit mir geteilt. Als du Mumps bekamst, hast du ihn mir abgegeben, und ich habe mich dann mit den Masern erkenntlich gezeigt. So half einer dem anderen. Deswegen darf unsere Freundschaft nicht unter dieser Geschichte leiden.«

»Genau.«

»Wir werden uns hin und wieder zum Essen treffen.«

»Natürlich.«

»Am Samstag wie immer Golf spielen. Und wenn du verheiratet bist, komme ich ab und zu auf einen Cocktail vorbei.«

»Du bist immer herzlich willkommen.«

»Ich werde allerdings vorher lernen müssen, dieser Schlange mit dem Engelsgesicht als Mrs. Wooster zu begegnen, ohne sie mit dem Mixbecher zu erschlagen.«

»Mußt du sie unbedingt als Schlange mit Engelsgesicht bezeichnen?«

»Wieso? Fällt dir noch etwas Treffenderes ein?« fragte er, und es sah ganz so aus, als erwartete er wirklich Vorschläge. »Kennst du Thomas Otway?«

»Ich glaube nicht. Ein Freund von dir?«

»Ein Dramatiker aus dem siebzehnten Jahrhundert. Er schrieb unter anderem ein Stück ›Die Waise oder Die unselige Heirat‹, eine Tragödie, in der folgende kluge Worte vorkommen:

›Welch Freveltat ward nicht begangen von dem Weib?
Wer übte Verrat am Kapitol?
Ein Weib.
Wer stürzte Marc Anton wohl ins Verderben?
Ein Weib.
Wer war der Grund für langen Krieg und Untergang von Troja?
Ein Weib.
Falsch, verflucht, zerstörerisch – das ist das Weib.‹

Otway kannte sich aus. Seine Worte klingen, als hätte er Roberta Wickham persönlich gekannt.«

Reginald mit Liebeskummer war für mich ein neues und vor allem ein besonders komisches Erlebnis. Ich lachte innerlich und spielte meine Rolle weiter.

»Ich weiß nicht, ob ich es mir nur einbilde«, sagte

ich und hatte Mühe, ernst zu bleiben, »aber ich habe den Eindruck, daß dir an Bobbie gar nicht viel liegt.«

Er zuckte die Achseln.

»Das möchte ich nicht sagen. Außer meinem dringenden Wunsch, sie tüchtig durchzuhauen, kann ich nicht sagen, was ich wirklich für sie empfinde. Sie hat sich für dich entschieden, und dabei wollen wir es lassen. Die Hauptsache ist, daß wir beide, du und ich, uns weiterhin gut verstehen.«

»Bist du extra deswegen hergekommen?« fragte ich gerührt.

»Nun ja, vielleicht hatte ich auch den Hintergedanken, daß ich einmal von Anatols Traumgerichten kosten dürfte, bevor ich mich in Market Snodsbury im Gasthaus einquartiere. Wie ist Anatols Küche im Moment?«

»Vorzüglicher denn je.«

»Was er kocht, zergeht auf der Zunge, nicht wahr? Zwei Jahre ist es her, seit ich das letzte Mal hier gegessen habe. Den Geschmack spüre ich noch immer auf der Zunge. Was für ein begnadeter Künstler.«

Ich hätte jetzt den Hut ziehen müssen, aber leider hatte ich keinen auf dem Kopf.

»Meinst du, daß sich eine Einladung zum Abendessen arrangieren läßt?«

»Natürlich, bester Freund. Die Hungernden werden bei uns niemals von der Tür gewiesen.«

»Ausgezeichnet. Und nach dem Essen mache ich Phyllis Mills einen Heiratsantrag.«

»Was?«

»Ja, ich weiß, was du denkst. Sie ist die Stieftochter von Aubrey Upjohn. Aber, Bertie, dafür kann *sie* doch nichts.«

»Du meinst, man sollte vielmehr Mitleid mit ihr haben, anstatt sie zu tadeln?«

»Ganz recht. Wir dürfen nicht engherzig sein. Sie ist ein süßes, nettes Mädchen und nicht wie einige rothaarige Geschöpfe, die ich nicht namentlich nennen möchte. Außerdem mag ich sie sehr gern.«

»Ich dachte, du kennst sie kaum.«

»O doch, ich kenne sie sogar recht gut. Wir waren im Skiurlaub zusammen und verstehen uns prächtig.«

Nun hielt ich den Zeitpunkt für gekommen, meinen Freund über die wahren Gefühle der von ihm so geschmähten rothaarigen jungen Dame aufzuklären.

»Ich würde mich an deiner Stelle nicht mit Phyllis Mills verloben, Reginald. Bobbie könnte etwas dagegen haben.«

»Sie soll nur sehen, daß sie nicht die einzige Frau auf dieser Welt ist und daß andere Frauen anders empfinden. Worüber grinst du?«

Ich konnte mich kaum noch beherrschen.

»Reginald«, sagte ich, und mein Lächeln wurde noch breiter, »ich muß dir eine lustige Geschichte erzählen.«

Wer aufmerksam die Werbung für Arzneimittel verfolgt, kennt bestimmt den Trick, die Wirkung eines Schmerzmittels durch Fotos zu belegen. Vorher: ein schmerzverzerrtes Gesicht, tiefe Schatten unter den Augen, die Haut aschfahl. Nachher: ein fröhliches Gesicht, glänzende Augen, gesunde Gesichtsfarbe. Nun, ich führe das Beispiel nur an, um die Wirkung meiner Erzählung auf Reginald zu beschreiben. Er war plötzlich wieder der alte unternehmungslustige Reginald: munter, fröhlich und übermütig.

»Mich soll doch der Teufel holen«, sagte er, nachdem ich ihm Robertas Plan erklärt hatte. »Ich bin das dümmste Rindvieh auf dieser Welt.«

»Nun übertreib nicht in deiner Geständnisfreudigkeit.«

»Das Mädchen ist schlechthin genial! Wer hätte gedacht, daß ein so schöner Kopf auch noch denken kann?«

»Ja, ihr fällt immer etwas ein.«

»Ich finde es großartig, daß du mitspielst, Bertie. Wie läuft übrigens die Sache?«

»Ausgezeichnet, nehme ich an. Seitdem die alte Wickham die Anzeige gelesen hat, ist sie fast übergeschnappt.«

»Sie mag dich nicht, stimmt's?«

»Den Eindruck habe ich. In mehreren aufeinanderfolgenden Telegrammen nannte sie mich einen Einfaltspinsel, einen Schelm und einen Tölpel.«

»Das ist mehr, als ich gehofft hatte. Ich werde ihr also wie ein... Das Wort liegt mir auf der Zunge.«

»Wie ein Märchenprinz vorkommen?«

»Genau das meinte ich. Ich könnte wetten, daß diese Komödie ein gutes Ende nimmt. Lady Wickham wird mich in ihre Arme schließen, mich auf die Stirn küssen und schluchzend gestehen, daß sie wüßte, ihr kleines Mädchen wird glücklich mit mir werden. Wenn ich daran denke, daß Bobbie meine Frau wird und daß ich heute abend von Anatol verwöhnt werde, könnte ich die ganze Welt umarmen. Bertie, was meinst du, ob es für mich nicht noch in Brinkley Court ein freies Bett gibt? Der Gasthof in Market Snodsbury soll zwar nicht schlecht sein, aber hier würde ich mich wohler fühlen. Ob deine Tante sich wohl erweichen läßt?«

»Sie ist gar nicht hier. Ihr Sohn Bonzo hat die Masern. Sie ist zu ihm ins Internat gefahren. Aber sie hat heute nachmittag angerufen und mir gesagt, ich soll dich auf der Stelle einladen.«

»Treib keine dummen Scherze mit mir.«

»Das ist kein Scherz, sondern die Wahrheit.«

»Wie kam sie auf diese Idee?«

»Sie hat einen ganz bestimmten Wunsch.«

»Ich erfülle ihr jeden...« Plötzlich stockte er und sah mich erschreckt an. »Sag bloß nicht, daß ich in der Schule von Market Snodsbury die Preise verleihen soll – so wie Gussie.«

Er meinte unseren gemeinsamen Freund Gussie

Fink-Nottle, der sich im letzten Jahr sehr gekonnt zur Schau gestellt und dabei diese ehrenvolle Aufgabe so hervorragend gemeistert hatte, daß alle Nachfolger an dieser Leistung gemessen werden würden.

»Nein, nein«, beruhigte ich ihn. »Nichts dergleichen. In diesem Jahr werden die Preise von Aubrey Upjohn verliehen.«

»Gott sei Dank. Wie geht's ihm übrigens? Du bist ihm doch sicherlich schon begegnet?«

»O ja. Wir hatten einen kleinen Zusammenstoß, außerdem habe ich ihn mit Tee übergossen.«

»Gut gemacht.«

»Er hat sich einen Schnurrbart wachsen lassen.«

»Das erleichtert mich. Es war wirklich kein Vergnügen, seine kahle Oberlippe anzuschauen. Weißt du noch, wie sie immer zuckte? Ich bin gespannt, wie er reagiert, wenn er nicht nur dich, sondern jetzt auch noch mich ertragen muß. Wir zwei waren bestimmt die schlimmsten Schüler, die er in seiner Lehrerlaufbahn erlebt hat. Ich kann mir vorstellen, daß wir ihn heute noch in seinen Alpträumen heimsuchen. Meinetwegen kannst du mich gleich auf ihn loslassen.«

»Er ist nicht hier.«

»Du sagtest doch, daß er da war.«

»Ja, er war da und wird es auch wieder sein, aber im Moment ist er nicht da. Er mußte plötzlich nach London fahren.«

»Ist denn überhaupt jemand hier?«

»Doch. Phyllis Mills –«

»Ein nettes Mädchen.«

»– und Mrs. Homer Pudding aus New York mit ihrem Sohn Wilbert. Und damit bin ich bei der Aufgabe, die Tante Dahlia dir zugedacht hat.«

Ich unterrichtete Reginald in allen Einzelheiten über das Vorgefallene und schilderte ihm, was er zu tun hätte. Kein Wort des Protests. Im Gegenteil. Er wäre froh, versicherte er mir, daß er endlich Gelegenheit hätte, sich Tante Dahlia gegenüber für jene schöne Ferienzeit erkenntlich zeigen zu können.

»Verlaß dich auf mich, Bertie«, sagte er. »Wir können doch nicht zulassen, daß Phyllis einen Idioten heiratet. Ich werde diesen Wackelpudding auf Schritt und Tritt verfolgen. Er wird keine Gelegenheit mehr finden, sich mit Phyllis in romantische Lichtungen zurückzuziehen und ihr süße Worte ins Ohr zu flüstern. Dafür wird Reginald sorgen. Und jetzt, Bertie, zeig mir mein Zimmer. Ich möchte duschen und mich umziehen, damit ich Anatols Schöpfungen würdig genießen kann.«

Er befeuchtete mit der Zunge die Lippen und sah aus wie ein ausgehungerter sibirischer Wolf, der sich auf einen fetten russischen Bauern freut.

10

Da ich nicht die geringste Vorstellung hatte, welche Zimmer belegt und welche noch frei waren, mußte ich Sir Roderick bitten, Reginald ein Bett zu beschaffen. Ich klingelte, und Glossop erschien mit Verschwörermiene.

»Oh, Swordfish«, sagte ich und erwiderte den Verschwörerblick. »Das ist Mr. Herring, der sich für die nächsten Tage unserer kleinen Gesellschaft anschließen wird.«

»Guten Abend, Sir.« Glossop verbeugte sich aus der Taille, die allerdings mehr zu ahnen als zu sehen war.

»Wo können wir ihn noch unterbringen?«

»Das Rote Zimmer bietet sich geradezu an, Sir.«

»Reginald, du bekommst das Rote Zimmer.«

»Sehr erfreut.«

»Ich hatte es im letzten Jahr. ›Es ist weder tiefer noch breiter als ein Kirchenportal, aber es tut seine Dienste‹«, zitierte ich Jeeves, der diese Klasse so charakterisiert hatte. »Könnten Sie bitte Mr. Herring begleiten, Swordfish?«

»Jawohl, Sir.«

»Und wenn Sie zurückkommen, hätte ich gern mit Ihnen kurz gesprochen.« Ich blinzelte ihm zu.

»Gewiß, Sir«, antwortete er und blinzelte zurück.

Ich mußte nicht lange auf sein Erscheinen warten. Schon nach wenigen Minuten stand er wieder vor mir, und ich lobte ihn für seine perfekten Butlermanieren. Seine Verbeugungen und sein knappes: »Gewiß, Sir!« waren echt. Jeeves hätte diese Rolle nicht besser spielen können.

Sir Roderick verneigte sich bescheiden und meinte, daß er diese kleinen Feinheiten seinem eigenen Butler abgeschaut hätte.

»Oh, was ich noch fragen wollte«, unterbrach ich ihn, »wie kamen Sie eigentlich auf den Namen Swordfish?«

Er lächelte nachsichtig.

»Miss Wickham hat diesen Namen vorgeschlagen.«

»Das habe ich mir gedacht.«

»Sie erzählte mir, daß es schon immer ihr Wunschtraum gewesen sei, einem Butler namens Swordfish zu begegnen. Eine charmante junge Dame und ein Spaßvogel zugleich.«

»Spaß hat sie bestimmt«, erwiderte ich voller Sarkasmus, »aber immer auf Kosten anderer. Für die Opfer ihrer Späße ist es meist weniger amüsant. Hören Sie nur, wie es mir heute nachmittag erging, nachdem wir uns getrennt hatten.«

Ich berichtete in allen Einzelheiten, und Glossop zeigte Mitgefühl und meinte, es müsse sehr unangenehm für mich gewesen sein.

»Aber dennoch glaube ich, Sie hätten Ihre Anwesenheit überzeugender erklären müssen als mit der Ausrede, Sie suchten eine Maus.«

»Wie zum Beispiel?«

»Das kann ich auf Anhieb nicht sagen.«

»Aber mir mußte es leider auf Anhieb einfallen, das war mein Problem«, erwiderte ich erregt. »Man hat keine Zeit, sich geistreiche Erklärungen auszudenken, wenn man von einer Frau, die aussieht wie Sherlock Holmes, im Zimmer ihres Sohnes beim Schnüffeln erwischt wird.«

»Richtig, ganz richtig. Aber ich meine...«

»Was meinen Sie?«

»Ich möchte Ihre Gefühle nicht verletzen.«

»Reden Sie nur. Ich bin Kummer gewöhnt. Ein bißchen mehr oder weniger macht nichts aus.«

»Darf ich offen reden?«

»Bitte sehr.«

»Nun, ich bin der Meinung, daß es sehr unklug war, eine so heikle Aufgabe einem jungen Burschen wie Ihnen anzuvertrauen. Ich möchte Ihren eigenen Einwand zitieren, den Sie ins Feld führten, als Miss Wickham Sie vorschlug. Sie sagten, daß Ihrer Meinung nach dieses Unternehmen in die Hände eines reifen, erfahrenen Mannes gehöre und nicht in die eines Anfängers, der obendrein als Kind beim Versteckspiel versagt habe. Ich selbst habe mich übrigens in diesem Spiel stets bestens bewährt.«

Ich betrachtete Glossop argwöhnisch. Er schien irgend etwas im Schilde zu führen.

»Sie wollen doch nicht selbst noch einen Versuch wagen?«

»Das ist genau das, was ich vorhabe, Mr. Wooster.«

»Der Teufel steh mir bei!«

»Diese Redensart ist mir zwar nicht geläufig, aber ich schließe daraus, daß Sie mein Verhalten nicht ganz billigen.«

»Oh, das möchte ich nicht sagen. Aber ist Ihnen bewußt, worauf Sie sich einlassen wollen? Adela Pudding zu begegnen, ist wahrlich keine Freude. Sie schaut einen an wie... wie ein Basilisk. Machen Sie sich darauf gefaßt, daß sie Sie anstieren wird, bis Sie zur Salzsäule erstarren.«

»Ich blicke der Gefahr furchtlos ins Auge. Außerdem freue ich mich schon auf dieses kleine Abenteuer.«

»Sie freuen sich?« Mir blieb vor Staunen der Mund offenstehen.

»Ja. Ich fühle mich plötzlich in meine Jugend zurückversetzt. Es erinnert mich an meine Schulzeit, als ich nachts heimlich ins Arbeitszimmer unseres Direktors schlich, um seine Kekse zu stibitzen.«

Mir wurde ganz warm ums Herz. Dieser behäbige Psychiater war auch ein Mensch. Er hatte Kekse geklaut – so etwas verbindet. Ich sah ihn plötzlich mit ganz anderen Augen.

»Kekse?« fragte ich, um mich noch einmal zu vergewissern.

»Ja. Er bewahrte sie in einer Dose auf seinem Schreibtisch auf.«

»Das haben Sie wirklich getan?«

»Ja. Vor vielen, vielen Jahren.«

»Auch ich habe die Keksdose meines Direktors geplündert«, erzählte ich mit Begeisterung.

»Mein Bruder!« Er klopfte mir kameradschaftlich auf die Schulter und sah mich unter seinen buschigen Augenbrauen fast liebevoll an.

»Tatsächlich?« vergewisserte er sich nochmals. »Ich hielt meine Idee damals für originell, und heute wird sie vielleicht schon in allen Internaten Englands praktiziert. Also haben auch Sie Erfahrungen im Schlaraffenland. Was für Kekse haben Sie erbeutet? Ich fand meistens eine bunte Mischung vor.«

»Rosa und weißer Zuckerguß?«

»Wenn ich Glück hatte. Einige waren ohne.«

»Bei mir waren es Ingwerkekse.«

»Die schmecken auch gut. Aber ich bevorzuge die bunte Mischung.«

»Ich persönlich auch. Aber ich mußte mich schließlich nach dem Angebot richten. Sind Sie jemals erwischt worden?«

»Zum Glück nie.«

»Ich einmal. Die Stelle spüre ich noch heute, wenn das Wetter umschlägt.«

»Schlimm, ich weiß; die Zeiten waren grausam. Um noch einmal auf das bevorstehende Unternehmen zurückzukommen: Ein Trost ist es wenigstens, daß mir im Falle eines Fehlschlags die berühmten sechs Schläge aufs Hinterteil wohl erspart bleiben dürften. Ansonsten können Sie die ganze Angelegenheit von jetzt an getrost mir überlassen, Mr. Wooster.«

»Sie dürfen mich Bertie nennen.«

»Gewiß, sehr gern.«

»Und darf ich Roderick sagen?«

»Ich wäre entzückt.«

»Oder Roddy? Roderick ist zu lang.«

»Was immer du willst, Bertie, wenn auch du mich duzen willst.«

»Mit dem größten Vergnügen, Roddy. Sag mal, willst du es wirklich wagen?«

»Ich bin fest entschlossen und fürchte mich nicht vor der Krimi-Tante. Immerhin schätze ich deinen Onkel sehr und möchte nicht, daß er sich grämt, weil das Lieblingsstück seiner Sammlung fehlt.«

»Ich gebe dir einen Tip, wo du das Milchkännchen nicht findest, nämlich auf dem Schrank.«

»Danke, das erspart mir eine lästige Arbeit.«

»Es sei denn, der Kerl hat es inzwischen dort versteckt. Auf jeden Fall viel Glück, Roddy.«

»Danke, Bertie.«

Ich strahlte noch, als er mich längst verlassen hatte und ich in den Garten ging, um Adela Puddings Buch zu holen und es dann in Tante Dahlias Bücherregal zurückzustellen. Ich bewunderte Sir Rodericks oder, wie ich jetzt sagte, Roddys Mut. Schließlich war er ein Mann um die Fünfzig, und ich war begeistert, daß er noch immer voll jugendlichen

Übermuts steckte. Ich versuchte mir vorzustellen, wie er als Junge Kekse geklaut hatte. Es gelang mir nicht. Sicherlich war er damals noch nicht so fett, aber sein pfiffiges Bubengesicht zu rekonstruieren, überstieg meine Möglichkeiten.

Nachdem ich das Buch an mich genommen und damit in Tante Dahlias Reich eingedrungen war, zeigte mir ein Blick auf die Uhr, daß ich noch zwanzig Minuten Zeit hatte, bevor ich mich zum Abendessen umkleiden mußte. Ich setzte mich hin und nahm die Lektüre wieder auf. Aber ich kam nicht weit, denn plötzlich flog die Tür auf, und Reginald stand vor mir.

Er sah aus wie Jack Dempsey nach seiner Niederlage gegen Gene Tunney, nämlich am Boden zerstört.

»Bertie!« rief er aufgeregt. »Ich habe dich überall gesucht.«

»Ich habe mit Swordfish geplaudert. Ist etwas nicht in Ordnung?«

»Etwas nicht in Ordnung!«

»Gefällt dir das Rote Zimmer nicht?«

»Das Rote Zimmer!«

Seinen Antworten entnahm ich, daß er nicht gekommen war, um sich über mangelnden Schlafkomfort zu beklagen.

»Also, was hast du auf dem Herzen?«

»Auf dem Herzen!«

Ich hatte das untrügliche Gefühl, daß diese Art

der Konversation uns nicht weiterbrachte. Dabei blieben uns nur noch zehn Minuten bis zum Abendessen.

»Hör zu, alter Freund«, sagte ich sanft. »Überleg dir, ob du mein alter Freund Reginald Herring bist oder ein Echo in den Schweizer Bergen. Wenn du nur meine Worte wiederholst...«

In diesem Augenblick erschien Roddy Glossop mit dem Aperitif, den wir dankbar lächelnd entgegennahmen. Reginald genehmigte sich einen kräftigen Schluck und schien sich langsam zu beruhigen. Nachdem sich die Tür hinter Roddy Glossop geschlossen hatte, sagte er: »Bertie, es ist etwas Furchtbares geschehen.«

Es ist keine Schande, wenn ich gestehe, daß mich der Mut verließ. In einem meiner Gespräche mit Bobbie Wickham hatte ich behauptet, Brinkley Court atme eine ähnliche Atmosphäre, wie sie in den späten Werken von Edgar Allan Poe vorkommt. Wer diese Erzählungen kennt, weiß, daß man in manchen Landhäusern Gespenstern in blutigen Laken begegnet. Ganz so schlimm war es in Brinkley Court natürlich noch nicht, aber die Situation war spannungsgeladen genug, um das Schlimmste zu befürchten.

»Was ist los?« fragte ich.

»Das will ich dir sagen.«

»Nun erzähl schon.«

»Bertie«, begann er und nahm wieder einen kräftigen Schluck, »ich glaube, du wirst verstehen, daß ich sehr aufgeregt war, als ich die Anzeige in der *Times* las.«

»Natürlich.«

»Ich war wie vor den Kopf geschlagen.«

»Das sagtest du bereits.«

»Ja, wenn ich nur in diesem Zustand geblieben wäre! Aber nein, ich nahm meinen ganzen Zorn zusammen und formulierte einen bösen Brief.«

»Oh, verdammt!«

»Ich habe mir nichts verkniffen.«

»Noch verdammter!«

»Vorgeworfen habe ich ihr, daß sie mich hat sitzenlassen, um die Moneten eines reichen Mannes zu heiraten. Falsches Luder habe ich sie genannt und karottenköpfige Jezabel – unter anderem.«

»Davon hast du mir aber vorhin gar nichts gesagt.«

»Nachdem du mir erklärt hattest, was es mit der Anzeige auf sich hat, und daß das Ganze nur eine Ente war, vergaß ich es im Überschwang der Gefühle. Als es mir vorhin wieder einfiel, wünschte ich, die Erde sollte sich auftun und mich verschlingen.«

»Nun übertreib nicht wieder.«

»Doch, ich fühlte mich wirklich sehr elend. In meiner Not stolperte ich zum Telefon und rief in Skeldings Hall an. Man sagte mir, sie sei gerade angekommen.«

»Sie muß wie der Teufel gefahren sein.«

»So fährt sie immer. Mädchen fahren entweder gar nicht oder so wie Bobbie: immer voll drauf. Auf jeden Fall war sie da. Sie war selig über meinen Anruf und erzählte mir, daß sie einen Brief von mir vorgefunden hätte, aber sie wäre noch nicht dazu gekommen, ihn zu öffnen. Ich flehte sie an, ihn nicht zu lesen.«

»Also hast du sie ja gerade noch rechtzeitig erreicht.«

»Das denkst *du*! Bertie, du bist doch ein Mann von Welt. Was meinst du wohl, was ein Mädchen tut, wenn man sie bittet, einen Brief ungeöffnet wegzuwerfen?«

Allmählich begriff ich.

»Sie öffnet ihn natürlich.«

»Natürlich. Ich hörte, wie sie den Umschlag aufriß und im nächsten Moment... Nein, ich will lieber nicht mehr daran denken.«

»Sie nahm dir deine Zeilen übel?«

»Übel? Ich weiß nicht, ob du schon einmal einen Taifun auf dem Indischen Ozean erlebt hast.«

»Nein, ich war noch nie in dieser Gegend.«

»Ich auch nicht, aber ich kenne diverse Erlebnisberichte von Augenzeugen. Es muß so ähnlich sein wie das, was mir Bobbie fünf Minuten lang an den Kopf warf.«

»Was hat sie gesagt?«

»Das kann ich gar nicht wiederholen, und wenn

ich es könnte, würde ich es nicht über die Lippen bringen.«

»Und was hast du geantwortet?«

»Ich kam gar nicht zu Wort.«

»Ja, so kann es einem gehen. Das kenne ich.«

»Frauen reden so verdammt schnell.«

»Das stimmt. Und wie seid ihr verblieben?«

»Sie meinte, daß sie froh wäre, mich endlich los zu sein. Jetzt könnte sie endlich dich heiraten. Das wäre schon immer ihr innigster Herzenswunsch gewesen, und ihr wärt ja auch schon öffentlich verlobt.«

In Adela Puddings Thriller, den ich gerade zu lesen angefangen hatte, kam ein Ganove vor, der eines Morgens mit seinem Auto in die Luft flog, weil ein anderer Ganove ihm eine Bombe an den Anlasser angeschlossen hatte. Ich hatte mir noch überlegt, was der Bursche gefühlt haben mochte, als er in die Luft flog. Jetzt wußte ich es. Ich sprang auf und rannte zur Tür.

»Langweile ich dich?« fragte Reginald pikiert.

»Nein, das nicht. Aber ich muß zu meinem Auto.«

»Du fährst weg?«

»Ja.«

»Aber das Dinner wird gleich serviert.«

»Ich will nichts essen.«

»Wo willst du hin?«

»Nach Herne Bay.«

»Warum nach Herne Bay?«

»Weil Jeeves dort ist, und mit dieser Sache wird nur er fertig.«

»Was soll Jeeves tun?«

»Das weiß ich nicht. Aber ihm wird schon irgend etwas Vernünftiges einfallen. Er hat in Herne Bay sicherlich genügend Fisch gegessen, so daß sein Hirn fähig ist, für uns alle zu denken. Wir müssen nur abwarten, dann präsentiert er uns die Lösung.«

11

Von Brinkley Court, das im Herzen von Worcestershire liegt, ist es in der Tat mehr als ein Katzensprung bis nach Herne Bay, an der Küste von Kent. Schon unter normalen Umständen hätte die Fahrt einige Stunden gedauert; da mein feuriges Auto aber unterwegs eine Panne hatte, erreichte ich Herne Bay erst lange nach Mitternacht. Am nächsten Morgen versuchte ich vergeblich, Jeeves zu erreichen. Man sagte mir, er wäre schon frühzeitig ausgegangen. Ich hinterließ eine Nachricht, daß ich seinen Anruf im Drones-Hotel erwarte, und fuhr in die Stadt zurück. Es war Zeit zum Dinner, und ich nippte gerade im Salon an meinem Aperitif, als Jeeves endlich anrief.

»Mr. Wooster? Guten Abend, Sir. Hier spricht Jeeves.«

»Gott sei Dank!« stöhnte ich erleichtert. Ähnlich mußte sich ein verschüchtertes Lamm fühlen, das sein Mutterschaf verloren und plötzlich auf der Wiese wiederentdeckt hat. »Wo haben Sie nur gesteckt?«

»Ich war zum Mittagessen mit einem Freund in Folkestone verabredet, Sir. Und während ich dort war, überredete man mich, länger zu bleiben, um als Richter beim Schönheitswettbewerb der Badenixen aufzutreten.«

»Nein, wirklich? Und Sie leben noch?«

»Ja, Sir.«

»Wie ging es denn aus?«

»Danke. Befriedigend, Sir.«

»Wer gewann?«

»Eine Miss Marlene Higgins aus Brixton war Erste, Sir, gefolgt von Miss Lana Brown aus Tulse Hill und Miss Marilyn Bunting. Alle drei höchst attraktive junge Damen.«

»Gute Figur?«

»Jawohl, Sir.«

»Glauben Sie mir, Jeeves, Schönheit ist weiß Gott nicht alles, worauf es im Leben ankommt. Mir will es in der Tat so scheinen, als ob die schönsten Vertreterinnen des weiblichen Geschlechts sogar wagen würden, an den Fundamenten der Hölle zu rütteln. Ich bin in einer furchtbaren Klemme, Jeeves. Können Sie sich erinnern, daß Sie mir einmal von jemandem erzählt haben, der jemandem sagte, er könnte ihm etwas erzählen, das ihm ein wenig zu denken gäbe? Es war von krausen Locken und einem Wildschwein die Rede, wie ich mich dunkel erinnere.«

»Ich glaube, Sir, Sie meinen die Stelle im ersten Akt des Hamlet, wo der Geist von Hamlets Vater sich an seinen Sohn wendet:

…Wär mir's nicht untersagt,
Das Innre meines Kerkers zu enthüllen,
So höb ich eine Kunde an, von der
Das kleinste Wort die Seele dir zermalmte,
Dein junges Blut erstarrte, deine Augen
Wie Stern' aus ihren Kreisen schießen machte,
Dir die verworrenen krausen Locken trennte,
Und sträubte jedes einzelne Haar empor,
Wie Nadeln an dem zorn'gen Stacheltier…«

»Ja, das war die Stelle. Ich selbst fühle mich in ähnlicher Verfassung und weiß gar nicht, wo ich mit meiner Erzählung beginnen soll. Also hören Sie!«

»Ja, Sir.«

Nachdem ich ihn über die neuesten Ereignisse auf Brinkley Court unterrichtet hatte, antwortete Jeeves: »Ich verstehe Ihre Aufregung, Sir. Die Lage ist besorgniserregend.«

Das war eine Stellungnahme, die für Jeeves außergewöhnlich war. Sonst beschränkte er sich auf kürzere Kommentare wie: »Höchst aufregend, Sir!«

»Ich werde sofort nach Brinkley Court kommen, Sir.«

»Wirklich? Es ist mir unangenehm, daß Sie wegen dieser dummen Geschichte Ihren Urlaub abbrechen sollen, Jeeves.«

»Das macht nichts, Sir.«

»Sie können ihn später nachholen.«

»Gewiß, Sir, wenn es Ihnen nichts ausmacht.«

»Aber jetzt...«

»Genau, Sir. Wenn ich mir gestatten darf zu bemerken –«

»– dann ist die Zeit gekommen, daß alle wie ein Mann zusammenstehen.«

»Ja, Sir. Das waren die Worte, die ich sagen wollte. Ich bin morgen früh in Ihrem Hotel, Sir.«

»Wir werden zusammen nach Brinkley Court fahren, abgemacht?«

Nachdem diese Vereinbarung getroffen war und Jeeves zugestimmt hatte, begab ich mich in den Speisesaal, um mein einfaches, aber gehaltvolles Abendmahl einzunehmen.

Als wir am nächsten Tag nach dem Mittagessen aufbrachen, war ich keineswegs in Hochstimmung. Allerdings fühlte ich mich ein wenig zuversichtlicher als auf der Hinfahrt nach Herne Bay; denn jetzt saß Jeeves an meiner Seite – Jeeves, dessen Hirn nach reichlichem Fischgenuß auf Hochtouren arbeitete. Aber ob Jeeves eine Lösung finden würde, wo er doch mit Leuten wie Roberta Wickham und Reginald Herring wenig Erfahrung hatte, stand noch in den Sternen. »Wir Sterblichen können den Erfolg nicht erzwingen«, hatte er neulich gesagt. Ich zitterte, als ich an Bobbies letzte Entscheidung dachte, statt Reginald *mich* zum Traualtar zu schleppen. Diese bedrohliche Aussicht verstörte mich ein wenig, mit Recht, wie der Leser zugeben wird.

Nachdem wir London durchquert und den Stadtverkehr hinter uns gelassen hatten, wurden wir wieder gesprächiger.

»Sie haben unser gestriges Gespräch nicht vergessen, Jeeves?«

»Nein, Sir.«

»Haben Sie sich die wichtigsten Punkte eingeprägt?«

»Ja, Sir.«

»Hatten Sie Gelegenheit, darüber nachzudenken?«

»Ja, Sir.«

»Ist Ihnen etwas eingefallen?«

»Noch nicht, Sir.«

»Diese Dinge brauchen ihre Zeit.«

»Ja, Sir.«

»Der Kernpunkt unserer Überlegungen muß sein«, sagte ich und riß schnell das Steuer herum, weil ein Huhn den Weg kreuzte, »daß wir es mit Roberta Wickham, einem äußerst intelligenten Mädchen, zu tun haben.«

»Ja, Sir.«

»Mit solchen Mädchen muß man auf diplomatische Weise umgehen. Man kann sie nicht einfach karottenköpfige Jezabels nennen.«

»Ganz recht, Sir.«

»Ich würde mir eine solche Bezeichnung auch nicht gefallen lassen. Wer war eigentlich Jezabel? Der Name kommt mir bekannt vor, aber ich weiß nicht, wo ich ihn schon einmal gehört habe.«

»Jezabel war ein listiges Weib, von der im Alten Testament erzählt wird. Sie war Königin von Israel.«

»Selbstverständlich, jetzt erinnere ich mich. Sie wurde von Hunden gefressen, nicht wahr?«

»Ja, Sir.«

»Muß nicht angenehm gewesen sein.«

»Von den Hunden merkte sie nichts mehr. Sie war schon tot, nachdem man sie aus ihrem Palastfenster geworfen und die Hufe der Rosse sie zertreten hatten.«

»Das waren noch Zeiten, Jeeves! Übrigens fällt mir bei diesem Thema ein, daß in Brinkley Court ein Dackel ist, der einem bei der ersten Begegnung zähnefletschend die Eingeweide abzuverlangen scheint. Achten Sie nicht darauf, es ist nur Theater. Wie war doch das Sprichwort?«

»Hunde, die bellen, beißen nicht, Sir.«

»Genau. Er kläfft erst und ist dann zahm wie ein Kaninchen. Ich kann ja seinen Unmut verstehen. Wer möchte schon tagaus, tagein Poppet genannt werden? So ein alberner Name muß doch jeden ausgewachsenen Hund frustrieren.«

»Ganz recht, Sir.«

»Der Dackel wird Ihnen gefallen. Ein netter Hund. Läuft mit umgekrempelten Ohren herum. Warum nur?«

»Das weiß ich nicht, Sir.«

»Ich auch nicht. Aber so kommen wir nicht weiter, Jeeves. Wir plaudern über Jezabel und wie Dakkel ihre Ohren zu tragen pflegen; dabei sollten wir uns darauf konzentrieren, wie…«

Mir blieben die restlichen Worte im Hals stecken. Vor der Tür einer Raststätte hatte ich ein feuerrotes Cabriolet gesehen – nicht etwa irgendeines, sondern das von Bobbie Wickham. Offensichtlich befand sich auch Bobbie auf der Rückreise nach Brinkley Court, nachdem sie ihre hysterische Mutter besänftigt hatte, und war unterwegs hier eingekehrt. Sehr vernünftig, dachte ich; denn ein heißer Sommernachmittag auf der Landstraße macht durstig.

Ich stieg aufs Bremspedal.

»Macht es Ihnen etwas aus, hier einen Moment zu warten, Jeeves?«

»Absolut nicht, Sir. Sie möchten Miss Wickham sprechen?«

»Ah, Sie haben auch ihr Auto erkannt.«

»Ja, Sir. Ein derart auffallendes Fahrzeug ist nicht zu übersehen.«

»Wie seine Besitzerin. Ich möchte versuchen, sie

zu besänftigen. Könnte nicht schaden, nicht wahr, Jeeves?«

»Zweifellos, Sir.«

»Unter den gegebenen Umständen dürfen wir nichts unversucht lassen.«

Die Raststätte ›Fuchs und Gans‹ war genauso dunkel und kühl wie alle englischen Gasthäuser an einem heißen Sommertag. Es roch nach Bier, Käse, Kaffee, eingelegten Gurken und Zwiebeln – und nach derbem englischen Bauernvolk. An den Wänden standen Regale mit alten Bierkrügen, und über den ganzen Raum waren rustikale Tische und Stühle verteilt. An einem der Tische saß Bobbie. Vor ihr standen ein Glas und eine Flasche Ingwerbier.

»Potztausend, das gibt es doch nicht! Bertie, wo kommst du denn her?« rief sie aus, nachdem ich mich bemerkbar gemacht und sie begrüßt hatte.

Ich erklärte ihr, daß ich gerade von London käme und auf dem Weg nach Brinkley Court wäre.

»Gib acht, daß niemand dein Auto klaut. Wie ich dich kenne, hast du den Schlüssel nicht abgezogen.«

»Nein, das habe ich nicht, aber Jeeves sitzt im Auto.«

»Ach so, du hast Jeeves mitgebracht. Ich denke, er ist irgendwo in den Ferien.«

»Netterweise hat er seine Ferien abgebrochen.«

»Wie großzügig von ihm.«

»Sehr sogar. Als ich ihm sagte, ich brauchte seine Hilfe, zögerte er keinen Augenblick.«

»Wozu brauchst du seine Hilfe?«

Jetzt war der große Augenblick gekommen, wo meine Vermittlertätigkeit einsetzen mußte. Ich tuschelte erst leise, aber auf ihre Frage, ob mein Hals nicht in Ordnung sei, sprach ich lauter.

»Ich dachte, er könnte die verfahrene Situation retten.«

»Welche?«

»Nun ja, die Geschichte mit dir und Reginald, meine ich.«

Ich mußte mich behutsam vortasten und vermeiden, irgend etwas zu sagen, was Bobbie kränken konnte. Vor ihr stand nämlich eine Bierflasche, und ich war nicht sicher, ob sie nicht von dieser Waffe Gebrauch machen und mir den Schädel zertrümmern würde, wenn sie sich angegriffen fühlte.

»Du mußt wissen, Bobbie, daß mir Reginald von eurem Telefongespräch erzählt hat. Vielleicht empfindest du es als Indiskretion, aber Reginald und ich kennen uns schon so lange, daß er sich mir mit seinem Kummer anvertraut hat. Er war völlig verzweifelt, und ich hatte das Gefühl, daß er diesen Schlag nicht überlebt.«

Sie zitterte, und ich behielt die Flasche im Auge. Aber auch wenn sie nach ihr gegriffen und sie auf meinem Haupt zerschmettert hätte, hätte ich mich nicht mehr wundern können als über das, was sie sagte: »Mein armer Schatz.«

Ich hatte Gin und Tonic bestellt und gerade einen

Schluck getrunken, als diese drei Worte fielen. Ich verschluckte mich vor Staunen und bekam einen Hustenanfall.

»Sagtet du ›Mein armer Schatz‹?«

»Ja, obwohl Dummkopf besser passen würde. Wie kann er nur alles so ernst nehmen, was ich im ersten Zorn sage? Er muß doch wissen, daß ich es nicht so gemeint habe.«

Den Punkt wollte ich völlig geklärt wissen.

»War das Ganze nur ein Jux?«

»Nein, ich habe mich wirklich geärgert und mußte etwas Dampf ablassen. Das brauchen Frauen manchmal. Ich hätte mir nie träumen lassen, daß es Reggie wirklich aufregen würde. Er nimmt alles immer gleich wörtlich.«

»Dann kann Liebesgott Amor also wieder lächeln?«

»Ja, er darf.«

»Weiß Reginald schon Bescheid?«

»Nein, noch nicht. Ich bin gerade auf dem Weg nach Brinkley Court.«

Ich wollte noch etwas wissen.

»Also keine Hochzeitsglocken für mich?«

»Leider nein.«

»Schon in Ordnung. Wie du willst.«

»Ich möchte nicht wegen Bigamie angezeigt werden.«

»Das ist einzusehen. Und deine Wahl ist auf Reginald gefallen. Auch das kann ich dir nicht verdenken. Er ist ein wunderbarer Kamerad.«

»Ja, da hast du recht. Außerdem ist er ein uriger Kerl.«

»Ein Hüne von einem Mann.«

»Ich würde keinen anderen heiraten. Erzähl mir, wie er als Junge war.«

»So wie alle Jungen.«

»Unsinn!«

»Außer natürlich, daß er ständig Leute aus brennenden Häusern und blauäugige Kinder vor wildgewordenen Pferden rettete.«

»Tat er das oft?«

»Fast täglich.«

»War er der Stolz der Schule?«

»Ja, so ziemlich.«

»Nicht daß die Schule es wert gewesen wäre, ihr Stolz zu sein. Was er mir darüber erzählt hat...«

»Ja, es waren schlimme Zeiten unter Aubrey Upjohn. Wenn ich vor allem an die Sonntags-Würstchen denke...«

»Reggie hat die Würstchen ebenfalls in bester Erinnerung. Er sagte noch neulich, sie wären keineswegs aus dem Fleisch glücklicher Schweine hergestellt gewesen, sondern aus den sterblichen Überresten der beklagenswerten Opfer von Schweinelähmung, Pest und Tuberkulose.«

»Das wäre in der Tat denkbar gewesen. Fährst du jetzt?« fragte ich, denn sie war aufgestanden.

»Ja, ich halte es keine Minute länger aus. Ich muß

mich, so schnell es geht, in Reggies Arme stürzen.«

»Klar, das verstehe ich.«

Wir gingen zusammen hinaus. Dann verabschiedeten wir uns, und ich ging zu meinem Wagen, in dem Jeeves geduldig auf meine Rückkehr gewartet hatte. Ich strahlte vor Freude, daß ich noch einmal um die Ehe herumgekommen war.

»Tut mir leid, Jeeves, daß ich Sie so lange warten ließ«, entschuldigte ich mich bei meinem Majordomus. »Hoffentlich haben Sie sich nicht gelangweilt.«

»Nein, Sir. Ich habe mich mit Spinoza beschäftigt.«

»Mit wem?«

»Mit Spinoza, einem Philosophen aus dem siebzehnten Jahrhundert. Sein Werk, die ›Ethik, nach geometrischer Methode dargestellt‹ haben Sie mir selbst vor einiger Zeit geschenkt.«

»Ach ja, ich erinnere mich. Spannende Lektüre?«

»Äußerst, Sir.«

»Ich wünsche Ihnen, daß am Schluß Ihres Buches diesmal der Butler der Mörder ist. Übrigens, Jeeves, wir können froh sein. Es ist wieder alles in Ordnung.«

»Wirklich, Sir?«

»Die Hochzeitsglocken können läuten. Roberta Wickham hat ihre Meinung geändert.«

»Die Wankelmütigkeit des Weibes ist sprichwörtlich, Sir. *Varium et mutabile semper femina.*«

»Kein Wunder, daß sich so etwas herumspricht. Und jetzt, Jeeves«, schlug ich vor, während ich mich ans Steuer setzte, »sollten wir noch einmal über Wilbert Pudding und das Milchkännchen reden. Es wäre gelacht, wenn Ihnen nichts einfiele.«

12

Wir erreichten Brinkley Court in der Abenddämmerung. Als ich mein Auto in die Garage fuhr, entdeckte ich Tante Dahlias Auto und schloß daraus, daß sie wieder zurückgekehrt war. Ich fand sie in ihrem Salon, wo sie mich auf ihre laute, herzliche Art begrüßte.

»Da bist du ja wieder, du Nichtsnutz.«

»Ja, ich bin eben angekommen.«

»Herring sagte mir, du warst in Herne Bay.«

»Ja, ich habe Jeeves abgeholt. Wie geht es Bonzo?«

»Er sieht aus wie ein Streuselkuchen, aber er ist schon wieder ganz munter. Wozu brauchst du Jeeves?«

»Nun, wie sich unterwegs auf der Fahrt hierher herausgestellt hat, brauche ich ihn gar nicht mehr. Ich wollte nämlich, daß er zwischen Bobbie und Reginald vermittelt. Wußtest du, daß sie zerstritten waren?«

»Ja, sie sagte es mir.«

»Wußtest du etwas von der Verlobungsanzeige in der *Times*?«

»Ich war die erste, der sie sich anvertraut hat, und ich habe darüber herzlich gelacht.«

»Reginald jedenfalls hatte nichts zu lachen, denn leider gehörte er nicht zum Kreis der Eingeweihten. Er schrieb ihr einen bösen Brief im Stil eines Thomas Otway.«

»In wessen Stil?«

»Kennst du etwa Thomas Otway nicht? Das ist ein Dramatiker aus dem siebzehnten Jahrhundert, der bitterböse Verse über die Verruchtheit der Frau geschrieben hat.«

»Du liest also noch etwas außer dem *Playboy*?«

»Nun, in dem Fall hat es Reginald gelesen, und er hat mir davon erzählt. Otway hielt die Frauen für eine Katastrophe, und diese weise Erkenntnis hat Reginald in seinem Brief an Bobbie verwendet.«

»Du kamst vermutlich nicht auf die Idee, deinen Freund aufzuklären?«

»Doch, aber es war schon zu spät. Sie hatte den Brief bereits.«

»Warum hat er sie nicht angerufen?«

»Das hat er getan. Er flehte sie an, den Brief nicht zu öffnen. Aber du weißt ja, wie Mädchen sind.«

Tante Dahlia nickte und griff zum Teegebäck.

»Deshalb läuft er also wie ein Gespenst herum. Roberta hat vermutlich die Verlobung mit ihm gelöst.«

»In einem Fünfminutendonnerwetter.«

»Und du hast Jeeves zum Vermitteln mitgebracht?«

»So hatte ich es mir vorgestellt. Aber es ist nicht mehr nötig. Auf dem Weg hierher traf ich sie in einer Raststätte, und sie gestand mir, daß sie Reginald noch immer heiß und innig liebe und gerade unterwegs sei, es ihm zu gestehen. Inzwischen müßte die große Versöhnung stattgefunden haben. Mir fiel ein Stein vom Herzen; denn sie hatte Reginald gesagt, sie würde jetzt mich heiraten.«

»Das wäre kein schlechter Fang für dich gewesen.«

»Im Gegenteil.«

»Wieso? Du warst doch einmal völlig verrückt nach dem Mädchen!«

»Es ist lange her, daß ich in sie verliebt war. Wir sind nur noch gute Freunde. Wir hätten nie zusammengepaßt. Das ist die Tragik, liebe Tante, daß die meisten Menschen, wenn sie in Liebe entbrannt sind, sich nicht darüber klarwerden, wie schlecht sie zueinander passen. Die erotische Anziehungskraft, die das Verliebtsein bewirkt, ist uns keine große Hilfe. Wir brauchen vielmehr die Vernunft, um zu erkennen, was wir eigentlich wollen. Setz einmal für Menschen Kaninchen, zahme und wilde Kaninchen, und stell dir vor, wie hoffnungslos die Situation für ein zahmes männliches Kaninchen ist, wenn es ein wildes weibliches begehrt. Es muß ihm ständig hinterherhoppeln. Mit einem zahmen Weibchen könnte es sich friedlich irgendwo niederlassen und Salat knabbern.«

»Wer ist denn jetzt was?«

»Das ist nicht schwer zu erraten. Bobbie braucht Leben und viel Trubel um sich; das könnte ich ihr als Mann nicht bieten. Außerdem braucht sie jemanden, der ihr die Flausen austreibt und der mit ihrem Übermut fertig wird. Mir wäre sie zu anstrengend. Reginald ist der richtige Mann für sie. Wo steckt er überhaupt?«

»Er ist mit Wilbert und Phyllis beim Picknick.«

»Also im Dienst.«

»Er läßt Wilbert nicht aus den Augen.«

»Da tut er gut daran. Denn wenn jemand gut bewacht werden muß, dann ist es dieser Kleptomane.«

»Der was?«

»Wußtest du nicht, daß Wilbert ein Langfinger ist?«

»Wie meinst du das?«

»Er klaut, was nicht niet- und nagelfest ist.«

»Jetzt sei kein Esel.«

»Ich bin kein Esel. Er hat sogar Onkel Toms Milchkännchen gestohlen.«

»Ich weiß.«

»Das weißt du?«

»Natürlich weiß ich das.«

Ihr Gleichmut überraschte mich. Ich war wegen

dieser Geschichte beinahe wahnsinnig geworden, und sie verzog keine Miene.

»Heiliger Strohsack, du nimmst die Sache aber ruhig auf.«

»Worüber sollte ich mich aufregen? Tom hat ihm dieses Kitschding verkauft.«

»Was?«

»Wilbert hatte sich mit Tom in Harrogate in Verbindung gesetzt und ihn gebeten, es ihm zu verkaufen. Dann rief mich Tom an und sagte, ich sollte ihm das Milchkännchen geben. Das zeigt, wie wichtig es für Tom ist, daß der Handel zustande kommt. Ich hätte nie gedacht, daß er sich von seiner silbernen Kuh trennen würde.«

Ich atmete schwer. Obwohl ich noch keinen Schluck Gin angerührt hatte, dachte ich, ich wäre betrunken.

»Soll das heißen, daß alles nur ›Viel Lärm um nichts‹ war?«

»Welcher Lärm?«

»Adela Puddings, zum Beispiel, als sie mich erwischte, wie ich Wilberts Zimmer nach dem verflixten Ding durchstöberte. Ich glaubte doch, daß er es stibitzt und dort versteckt hat.«

»Und dabei hat sie dich ertappt?«

»Nicht einmal, *zweimal.*«

»Was sagte sie?«

»Sie empfahl mir Glossop, von dessen Heilerfolgen sie so viel gehört hatte. Beim ersten Mal lag ich auf dem Boden, mit einem Stuhl um den Hals gewickelt, beim zweiten Mal halb unterm Toilettentisch.«

»Bertie! Du bist unbezahlbar!«

Mir gefiel die Vokabel ›unbezahlbar‹ gar nicht. Ich sagte es meiner Tante, aber sie nahm meinen Protest nicht zur Kenntnis, sondern schüttelte sich vor Lachen, daß ihr die Tränen in den Augen standen. So herzhaft hat nicht einmal Bobbie gelacht, als ich damals auf den Rechen getreten war und mir fast das Nasenbein zertrümmert hatte.

»Das hätte ich sehen müssen«, brachte sie mühsam hervor, als ihr Lachanfall sich ein wenig gelegt hatte. »Halb unter dem Toilettentisch, nicht wahr? Und mit einem Stuhl als Halskrause, wie dein Thomas Botway?«

»Otway«, korrigierte ich pikiert; denn erstens mag ich keine Ungenauigkeiten, wie ich bereits erwähnt habe, und zweitens ärgerte ich mich, daß sie als meine Blutsverwandte so wenig Mitgefühl zeigte und mich auslachte. Das wollte ich ihr gerade sagen, als die Tür aufging und Bobbie zu uns in den Salon trat.

Sie kam mir seltsam verändert vor. Ich kannte Bobbie nur heiter und fröhlich, stets zu irgendeinem Schabernack aufgelegt. Ihre Augen blitzten sonst immer vor Unternehmungslust.

Jetzt aber wirkte sie teilnahmslos und apathisch, nicht wie Kater Augustus, sondern mehr wie die eine Frau auf dem Gemälde im Louvre – Mona Lisa, glaube ich, war ihr Name –, von der mir Jeeves erzählt hatte, daß ihretwegen Leute aus der ganzen Welt nach Paris reisen. Jeeves hatte mich auch auf den seltsamen Ausdruck ihrer Augen aufmerksam gemacht, und ich konnte mich noch recht gut an jenen müden Blick erinnern. Deshalb erschrak ich über Bobbie.

Als hätte sie gerade in eine Zitrone gebissen, sagte sie mit verkniffenem Mund: »Mrs. Travers, ich möchte gern das Buch von Mrs. Pudding holen, das ich angefangen hatte zu lesen.«

»Bedienen Sie sich, mein Kind«, antwortete meine Tante freundlich. »Je mehr Leute von uns sich in ihren Romanen auskennen, desto besser. Jeder Beitrag hilft.«

»Du bist also auch gut angekommen, Bobbie«, sagte ich. »Hast du Reginald gesehen?«

Sie schnaubte verächtlich.

»Bertie«, sagte sie dann spitz, »willst du mir einen Gefallen erweisen?«

»Selbstverständlich, was soll ich tun?«

»Sprich in meiner Gegenwart nicht mehr von dieser miesen Ratte.« Sie drehte sich um und verschwand.

Ich blieb verwirrt zurück, und auch Tante Dahlia, wie ich ihr ansehen konnte, begriff die Zusammenhänge nicht.

»Nun«, meinte sie und blickte mich fragend an.

»Was soll das? Hast du mir nicht gerade erzählt, daß sie Herring heiß und innig liebt?«

»Das waren ihre Worte.«

»Also müssen sie sich schon wieder gezankt haben«, schloß Tante Dahlia scharfsinnig aus Bobbies Benehmen.

»Es sieht so aus«, stimmte ich zu. »Aber wann? Sie kann doch auch erst seit einer halben Stunde zurück sein. Was ist in dieser kurzen Zeit nur vorgefallen? Soll ich Jeeves herbitten?«

»Was soll Jeeves tun?«

»Das weiß ich, ehrlich gesagt, auch nicht. Es ist nur eine meiner Angewohnheiten, wenn ich nicht weiterweiß, Jeeves zu fragen. Aber du hast recht. Es ist sinnvoller, daß ich Reginald suche. Er wird das Rätsel lösen.«

Aber der Berg kam zum Propheten. Ich brauchte Reginald nicht mehr zu suchen, denn er erschien von selbst.

»Da bist du ja, Bertie«, sagte er. »Ich hörte, daß du zurück bist, und habe dich schon gesucht.«

Er sprach mit leiser, heiserer Stimme und sah aus, als wäre er nach einer Bombenexplosion mit dem Leben davongekommen. Seine Schultern hingen herab, und seine Augen wirkten glasig.

»Was soll das Hin und Her zwischen Bobbie und dir?« ging ich sofort aufs Ziel los, denn es hatte keinen Sinn, wie die Katze um den heißen Brei herumzuschleichen.

»Oh, nichts«, wich er aus.

Aber darauf ließ ich mich nicht ein und forderte ihn auf, uns zu berichten, was vorgefallen war.

»Ja, das wäre das Vernünftigste«, ermunterte ihn Tante Dahlia. »Was ist geschehen, lieber Herring?«

Zuerst schien es, als wollte er aufbrausen und uns raten, wir sollten uns um unsere eigenen Angelegenheiten kümmern. Aber dann begegnete er Tante Dahlias gebieterischem Blick, setzte sich folgsam auf einen Stuhl und erzählte.

»Sie hat die Verlobung gelöst«, sagte er tonlos.

Das brachte uns nicht weiter. Soviel hatten wir uns auch schon gedacht. Man bezeichnet schließlich den geliebten Mann nicht ohne weiteres als ›miese Ratte‹.

»Aber vor einer guten Stunde hat sie mir noch im ›Fuchs und Gans‹ ihre Liebe zu dir gestanden. Was hast du dem armen Mädchen angetan?«

»Nichts.«

»Erzähl schon.«

»Nun, es war folgendermaßen...« Er hielt inne und fragte, ob er wohl einen Whisky mit Soda bekommen könnte. Diesen Wunsch schlug ihm Tante Dahlia ab, weil man sonst Glossop hätte bemühen müssen, und das wollte Tante Dahlia unter keinen Umständen. Das statt dessen angebotene Teegebäck lehnte er dankend ab und fuhr ohne Stärkung fort: »Mein Fehler war, daß ich mich mit Phyllis Mills verlobt habe.«

»Was?« brüllte ich entsetzt.

»Was?« trompetete Tante Dahlia ungläubig.

»Zum Teufel!« fügte ich schaudernd hinzu.

»Warum um alles in der Welt haben Sie das getan?« fragte Tante Dahlia.

Er rutschte nervös auf seinem Stuhl herum, als hätte er Ameisen in der Hose.

»Die Idee war nicht schlecht«, sagte er. »Bobbie hatte am Telefon ausdrücklich erklärt, daß sie mich weder in dieser noch in der nächsten Welt je wiedersehen wolle, und Phyllis hatte mir ihr Leid geklagt, daß sie sich von Wilbert angezogen fühle und nicht die Kraft habe, trotz seines schlechten Rufs seinen Heiratsantrag abzulehnen. Deshalb ersannen wir gemeinsam die List, uns vor Pudding als verlobt auszugeben.«

»Sehr gerissen«, lobte Tante Dahlia. »Wie hat er die Nachricht aufgenommen?«

»Ihn traf fast der Schlag.«

»Ähnlich wie dich neulich, als du die Verlobungsanzeige gelesen hast, wie?« fragte ich und grinste.

»Vor allem genauso wie Bobbie kurze Zeit später, als sie auftauchte, während ich gerade Phyllis küßte.«

Ich verzog genießerisch den Mund. Das Ganze wirkte auf mich wie Vielweiberei.

»Aber dazu bestand keine Notwendigkeit«, meinte Tante Dahlia augenzwinkernd.

»Notwendigkeit vielleicht nicht, aber ich wollte,

daß unsere Verlobung auf Pudding echt wirkte.«

»Gut ausgeklügelt, das muß ich sagen.« Tante Dahlia übertraf sich selbst.

»Ja, das dachte ich auch. Natürlich hätte ich von diesem Teil des Plans abgesehen, wenn ich geahnt hätte, daß Bobbie sich eines besseren besonnen und mir meinen Brief verziehen hat. Das ist die Ironie des Schicksals, wie Thomas Hardy sie hundertfach in seinen Kurzgeschichten beschrieb.«

Ich selbst kannte jenen Thomas Hardy nicht, aber ich war Experte auf dem Gebiet der Kriminalliteratur. Wer viele Kriminalromane liest, weiß, daß manches nicht geschehen würde, wenn man dieses oder jenes wüßte.

»Hast du ihr das nicht erklärt?« fragte ich in meiner Naivität, als wüßte ich nicht, wer Bobbie Wickham ist.

Er sah mich mitleidig an.

»Hast du schon jemals versucht, einer verrückten Henne etwas zu erklären?«

Er hatte recht.

»Was geschah dann?«

»Oh, sie benahm sich wie eine Dame. Plauderte scheinbar unbefangen, bis Phyllis uns allein ließ. Dann brach das Gewitter los. Sie warf mir vor, daß sie meinetwegen wie der Teufel hierhergejagt sei, mit einem Herzen voll Liebe und Sehnsucht, um endlich in meinen Armen zu liegen, und dann habe feststellen müssen, daß diese Arme gerade mit einer anderen Frau beschäftigt waren. Ihr fiel in dieser Hinsicht noch sehr viel ein, und ich stand da wie ein begossener Pudel. Das Dumme an der Geschichte ist, daß sie auf Phyllis schon in der Schweiz eifersüchtig war. Dabei völlig grundlos.«

»Ihr seid nur gute Freude, nicht wahr?«

»Ganz richtig.«

»Nun, wenn ihr meine Meinung hören wollt«, begann Tante Dahlia.

Aber wir erfuhren sie leider nie, dann in dem Moment kam Phyllis herein.

13

Als ich Phyllis Mills eingehend betrachtete, während sie den Salon betrat, war mir Bobbies Reaktion plötzlich klar. Ich selbst bin zwar kein temperamentvolles Mädchen, das einen Redakteur der *Thursday Review* liebt, aber wenn ich in Bobbies Haut gesteckt hätte, wäre ich genauso wild geworden, wenn ich Reginald in inniger Umarmung mit Aubrey Upjohns appetitlicher Stieftochter überrascht hätte. Wie ich bereits sagte, war Phyllis' Intelligenzquotient nicht besonders hoch, aber die sonstige Ausstattung war durchaus bemerkenswert. Himmelblaue Augen in einem lieblichen Mädchengesicht, das wohltuende Wärme ausstrahlte. Das einfache Sommerkleid betonte ihre anmutigen Kurven, die uns Männern so viel bedeuten. Ich konnte Wilbert Pudding verstehen, daß er bei ihrem Anblick zum Gedichtband griff und sie in eine romantische Lichtung entführte.

»Oh, Mrs. Travers«, wandte sie sich an meine Tante. »Daddy hat mich gerade angerufen.«

Tante Dahlia schien uns und die gerade erörterten Probleme plötzlich vergessen zu haben und blühte auf wie eine Rose im Juni. Offensichtlich hatte sie bereits um die Preisverleihung in der Schule von Market Snodsbury gefürchtet, nachdem sich ihr Starredner aus dem Staub gemacht hatte, ohne zu hinterlassen, wann er zurückkäme und ob überhaupt. Ich kann Tante Dahlia verstehen; denn schließlich ist es nicht leicht, so schnell einen Ersatz zu finden.

»Mein Vater wird heute abend zurückkommen«, sagte Phyllis. »Er hofft, daß Sie sich nicht zu viele Sorgen gemacht haben.«

Tante Dahlia schnaubte wie ein wildgewordenes Roß.

»So, hofft er das? Dann habe ich aber eine schlechte Nachricht für ihn. Ich *habe* mir nämlich Sorgen gemacht. Was hat ihn denn in London so lange festgehalten?«

»Er war bei seinem Anwalt, weil er die *Thursday Review* verklagen will.«

Reginald schoß in die Höhe, als hätte er nicht auf

einem Stuhl, sondern auf einem Trampolin gesessen.

»Er will gegen die *Thursday Review* klagen?« fragte Tante Dahlia erstaunt. »Das ist doch das Schmierblättchen, für das Sie schreiben, Herring? Was hat man dem armen Kerl getan?«

»Es geht um das Buch, das Daddy geschrieben hat. Wußten Sie, daß er ein Buch geschrieben hat?«

»Ich hatte nicht die leiseste Ahnung. Mir sagt doch niemand was.«

»Nun ja, er hat ein Buch über Privatschulen geschrieben. Also, es handelt von Privatschulen.«

»Von Privatschulen?«

»Ja, Privatschulen.«

»Gott sei Dank, daß wir das wenigstens klargestellt haben. Ich wußte doch, daß wir zum Ziel kommen, wenn wir nur lange genug bohren. Und?«

»Die *Thursday Review* hat irgend etwas Unverschämtes über dieses Buch geschrieben, und sein Anwalt meint, er könne fünftausend Pfund Schadenersatz fordern. Deswegen war er in London. Aber heute abend kommt er zurück, und er hält seine Rede. Ich habe sie sauber abgetippt, sie wartet schon auf ihn. Oh, das ist mein kleiner Poppet«, rief Phyllis überschwenglich, als wir es in der Ferne bellen hörten. »Er will jetzt sein Dinner. Gut, mein süßer kleiner Engel, Mutter kommt schon«, flötete sie und stürzte davon.

Einen Moment lang herrschte betretenes Schweigen. Dann erklärte Tante Dahlia: »Mir ist es egal, was andere meinen. Ich jedenfalls finde, daß es gar nicht so sehr auf den Verstand ankommt. Phyllis ist ein liebes süßes Mädchen. Ich liebe sie wie meine eigene Tochter. Zum Teufel mit den Leuten, die sich über ihren Mangel an intellektuellen Fähigkeiten lustig machen. Was ist los, Herring?« fragte sie dann, als sie bemerkte, daß Reginald mit den Zähnen klapperte.

Da Reginald nicht in der besten Verfassung war, redete ich für ihn.

»Ein weiteres Problem ist zu bewältigen, liebste Tante. Es hängt mit Phyllis' Frontbericht aus London zusammen.«

»Was soll das heißen?«

»Die Geschichte ist schnell erzählt. Upjohn hat ein schmales Bändchen über Privatschulen geschrieben. Darin behauptet er, daß die Jahre, die ein Schüler in einer Privatschule verbringt, die glücklichste Zeit seines Lebens sind. Nun bekam Reginald das Buch zur Besprechung, und im Andenken an die glücklichen Tage in Malvern House hat er eine würdige Rezension verfaßt. Stimmt's, Reginald?«

»Aber jedes Wort, das ich geschrieben habe, war berechtigte Kritik«, ächzte er mühsam. »Natürlich habe ich kein Blatt vor den Mund genommen...«

»Es wäre interessant zu erfahren, an welchen Formulierungen er Anstoß nimmt«, meinte Tante Dahlia. »Es muß einige Worte geben, die Ihren Verleger um fünftausend Pfund erleichtern sollen. Bertie, hol den Wagen aus dem Stall und fahr sofort nach Market Snodsbury und bring... Nein, nein. Kommando zurück. Ich bin gleich wieder da.«

Ich blieb völlig verwirrt zurück. Wer mochte wissen, was Tante Dahlia nun wieder eingefallen war! Deshalb gab ich das Rätselraten auf und wandte mich an Reginald.

»Ein böses Spiel«, sagte ich.

Aus seinen unverständlichen Gurgellauten schloß ich, daß es kaum schlimmer sein konnte.

»Was geschieht, wenn ein Verleger wegen eines seiner Redakteure eine hohe Schadenersatzsumme zahlen muß?«

»Der Redakteur fliegt, und was noch schlimmer ist, er findet keine neue Arbeit, weil er dann auf der schwarzen Liste steht.«

Mir war klar, was er meinte. Die Verleger sind allesamt Geizkragen und Pfennigfuchser. Wenn ein Redakteur einem von ihnen die Zahlung einer üppigen Schadenersatzsumme eingebrockt hat, dann spricht sich das in der ganzen Branche herum, und der arme Kerl hat kaum Aussichten, seinen Beruf noch einmal auszuüben.

Wenn er sich woanders vorzustellen wagte, würde der Verleger mißtrauisch fragen: »Herring? Ist das nicht der leichtsinnige Mensch, der die *Thursday*

Review ein Vermögen gekostet hat? Werft ihn sofort raus!«

So oder ähnlich würde Reginalds Schicksal aussehen, wenn Upjohn mit seiner Klage Erfolg hätte.

»Bestenfalls kann ich einen Bauchladen betreiben«, sagte Reginald und verbarg sein Gesicht in den Händen, als die Tür aufging und nicht etwa, wie erwartet, Tante Dahlia, sondern Bobbie erschien.

»Ich habe das falsche Buch erwischt«, sagte sie. »Das, was ich wollte...«

Sie brach ihren Satz abrupt ab, als sie Reginald erblickte, und sah aus wie Lots Frau, die zur Salzsäure erstarrt war, wenn ich auch nicht verstand, warum. Ich meine, warum es gerade Salz sein mußte.

»Oh!« sagte sie mit stolzer Miene, als hätte sie einen unerlaubten Blick ins Inferno geworfen. Doch als Reginald sein bekümmertes Gesicht zu ihr erhob, vergaß Roberta ihren Groll, beugte sich liebevoll zu Reginald hinunter und fragte besorgt: »Reggie! Reggie, Darling, was ist geschehen?« Sie zerschmolz fast vor Mitleid, wie es Frauen in solchen Situationen zu gehen pflegt.

Dann wandte sie sich mir zu.

»Was hast du mit meinem armen Lamm gemacht?« fragte sie und sah mich giftig an. Ich versuchte ihr zu erklären, daß nicht ich, sondern ein widerwärtiges Schicksal an seinem Kummer schuld wäre, als Tante Dahlia mit einer Zeitung in der Hand zurückkam.

»Ich wußte doch, daß Upjohns erster Versuch, sich schriftstellerisch zu betätigen, einen Presseskandal auslösen würde. Ich fand die Zeitung auf dem Tisch in der Halle und habe kurz einen Blick auf Ihre Besprechung geworfen, lieber Herring. Kein Wunder, daß Upjohn aufgeregt ist. Ich lese vor.«

Wie ich nicht anders erwartet hatte, war Reginalds Rezension keine Lobeshymne auf Upjohns Erstlingswerk. Ich genoß jedes Wort, das Tante Dahlia vorlas, vor allem aber den letzten Absatz, der folgendermaßen lautete:

»Aubrey Upjohn hätte sicherlich eine andere Einstellung zu diesem Erziehungssystem, wenn er selbst die von ihm geleitete Privatschule Malvern House, Bramley-on-Sea, aus der Schülerperspektive kennengelernt hätte – wie der Rezensent das zweifelhafte Vergnügen hatte. Wer seine Jugend in Malvern House verbracht hat, wird sein Lebtag nicht die Würstchen vergessen, die jeden Sonntag serviert wurden. Sie waren keineswegs aus dem Fleisch glücklicher Schweine hergestellt, sondern aus den Überresten beklagenswerter Opfer von Schweinelähmung, Pest und Tuberkulose.«

Bis zu diesem Absatz hatte Reginald bei jedem Satz beifällig genickt und gemurmelt, daß es sich um eine scharfe, aber völlig legitime Kritik handle. Jetzt aber sprang er in die Höhe, und ich dachte im stillen, daß, falls alle Einkommensquellen versiegten, er zumindest als Akrobat noch eine vielversprechende Zukunft vor sich hatte.

»Aber das habe ich nie geschrieben«, stöhnte er.

»Hier steht es schwarz auf weiß.«

»Dafür kann er wirklich Schadenersatz fordern.«

»Das scheinen Upjohn und sein Paragraphenfuchser ebenfalls zu meinen. Und ich muß schon sagen, es sieht ganz so aus, als wäre der Absatz gute fünftausend wert.«

»Darf ich selbst sehen?« bat Reginald und las mit eigenen Augen, was er gerade gehört hatte. »Ich verstehe das nicht. Warte, Darling, jetzt nicht«, sagte er zu Bobbie, die sich an seine Brust geworfen hatte.

»Reggie!« wimmerte sie. »Das war ich!«

»Wie?«

»Der Absatz, den Mrs. Travers eben vorlas. Du erinnerst dich vielleicht, daß du mir den Artikel damals beim Mittagessen gegeben hast, damit ich ihn in die Redaktion bringe, weil du eine Golf-Verabredung hattest. Ich habe mir das Ganze noch einmal durchgelesen und festgestellt, daß die Würstchen fehlten. Ich dachte, die hättest du einfach vergessen. Da mir diese Pointe aber so gut gefiel, habe ich sie am Schluß noch angefügt – um den Artikel abzurunden.«

14

Einen Moment lang herrschte Totenstille im Salon, dann hörten wir Tante Dahlia rufen: »Oh, du heiliger Strohsack!« Reginald zuckte nervös mit den Augenlidern, wie ich es manchmal beim Boxkampf an ihm beobachtet hatte, wenn ihn ein Schlag an der Nase traf. Ob er daran dachte, Bobbies Hals kurzerhand umzudrehen oder nicht, kann ich nicht sagen. Falls ja, dann hat er der Versuchung zumindest erfolgreich widerstanden; plötzlich siegte jedenfalls wieder die Liebe. Bobbie hatte ihn als Lamm bezeichnet, und jetzt sprach er mit der für Lämmer sprichwörtlichen Milde.

»Oh, jetzt begreife ich, wie es geschehen ist.«

»Es tut mir furchtbar leid.«

»Nicht der Rede wert.«

»Kannst du mir noch einmal verzeihen?«

»Ja, natürlich.«

»Ich habe es gut gemeint.«

»Selbstverständlich.«

»Wirst du sehr viel Ärger deswegen bekommen?«

»Es könnte kleine Unannehmlichkeiten geben.«

»Oh, Reggie!«

»Schon gut, Darling.«

»Ich habe deine Karriere ruiniert.«

»Unsinn. Die *Thursday Review* ist nicht die einzige Zeitung in London. Wenn man mich hinauswirft, suche ich mir eine neue Stellung.«

Das paßte kaum zu dem, was er mir gerade von der schwarzen Liste erzählt hatte. Aber ich unterließ es, ihn auf diesen Widerspruch aufmerksam zu machen, denn Bobbies zerknirschte Miene hellte sich gerade auf.

»Natürlich!« rief sie erleichtert. »Jede Zeitung wird sich freuen, wenn sie einen wertvollen Mann wie dich bekommt.«

»Sie werden sich um seine Dienste reißen«, versuchte ich sie in ihrer Hoffnung zu bestärken. »Einen Kerl wie Reginald finden sie so leicht kein zweites Mal.«

»Du bist so klug«, sagte Bobbie voll ehrlicher Bewunderung.

»Oh, danke«, antwortete ich.

»Dich Esel meine ich nicht, sondern Reggie.«

»Ach so, ja, Reginald ist auf Draht, das stimmt.«

»Egal«, unterbrach Tante Dahlia unsere Plänkelei. »Ich denke, Sie sollten sich mit Upjohn arrangieren, Herring.«

Ich verstand. Tante Dahlia empfahl Reginald, sich mit Upjohn zu einigen, damit dieser von einer Klage absehe.

»Ja, Reginald. Tante Dahlia hat recht. Laß deinen Charme spielen, damit er die Sache abbläst.«

»Dir kann niemand widerstehen, Reggie, versuch es nur«, redete auch Bobbie ihm zu.

»Meinst du, Darling?«

»Natürlich, Reggie.«

»Nun, so laß uns hoffen, daß du recht hast. Bis dahin«, sagte Reginald mit trockener Kehle, »brauche ich einen Whisky. Ich fühle mich wie Dörrobst. Hätten Sie etwas dagegen, Mrs. Travers, wenn ich mich selbst auf die Suche begebe?«

»Das wollte ich gerade vorschlagen. Gehen Sie, und lassen Sie sich vollaufen, Sie Unglücksrabe.«

»Ich könnte auch einen Drink brauchen«, meldete sich Bobbie.

»Ich auch«, schloß ich mich dem allgemeinen Durst an. »Aber ich schlage Portwein vor«, sagte ich, als wir draußen waren. »Das ist der Situation besser angemessen. Wir halten uns an Swordfish, er wird ihn herbeischaffen.«

Wir fanden Glossop in der Anrichte beim Silberpolieren. Er war etwas überrascht über unser Eindringen, kredenzte uns dann aber eine Flasche vom besten. Reginald beteiligte sich nicht an unserer Unterhaltung. Schweigend trank er seinen Wein, erhob sich dann und verließ uns, indem er sagte, er möchte jetzt gern allein sein. Glossop musterte ihn argwöhnisch, und ich hatte das Gefühl, er sah in Reginald einen künftigen Patienten. Psychiater fühlen sich anscheinend immer im Dienst und können nicht anders, als in jeder Lebenslage am Verstand ihrer Mitmenschen zu zweifeln. Er wartete taktvoll, bis sich die Tür hinter Reginald geschlossen hatte, und fragte dann: »Ist Mr. Herring ein Freund von dir, Bertie?«

»Ja.«

»Kennst du ihn schon lange?«

»Seit meiner Kindheit.«

»Und ist Miss Wickham auch mit ihm befreundet?«

»Reggie und ich sind verlobt, Sir Roderick«, antwortete Bobbie.

Daraufhin wechselte Glossop das Thema und sprach vom Wetter, bis Bobbie sich ebenfalls verabschiedete, um Reginald zu suchen.

»Ich wollte vor Miss Wickham nicht darüber reden, weil sie mit Mr. Herring verlobt ist, aber ich bin überzeugt, daß der junge Mann an einer schweren Neurose leidet.«

»Er ist nicht immer so niedergeschlagen wie heute, Roddy.«

»Trotzdem –«

»Glaub mir, Roddy, wenn du seine Probleme hättest, sähst du auch neurotisch aus«, entgegnete ich und erzählte dann die unglückselige Geschichte.

»So ist die Lage«, beendete ich meinen kurzen Bericht. »Die einzige Möglichkeit, seinen Arbeitsplatz zu behalten, besteht für Reginald in einer friedlichen Einigung mit Aubrey Upjohn – und das wiederum scheint unmöglich zu sein. Während der vier Jahre in Malvern House ist es ihm nicht gelungen, Upjohns Gunst zu erringen, wie sollte es ihm jetzt gelingen? Ich glaube, es ist hoffnungslos, einen solchen Versuch zu unternehmen.«

Anstatt bedächtig zu nicken, wie es dem Ernst der Lage entsprochen hätte, kicherte Glossop amüsiert, als hätte ich einen Witz erzählt.

»Es ist erstaunlich, lieber Bertie, wie ich durch dich wieder jung werde«, sagte er. »Alles, was du mir erzählst, weckt in mir alte Jugenderinnerungen, wie jetzt zum Beispiel die Geschichte deines Freundes Herring. Plötzlich fühle ich mich wieder wie Anfang Zwanzig und erlebe in Gedanken die Probleme, die damals meine Freunde und mich beschäftigten – meinen Freund George Lanchester und seine große Liebe Bertha Simmons.«

»Worum ging es dabei?«

»George war ein temperamentvoller junger Mann, der Bertha leidenschaftlich liebte«, begann Glossop seine Erzählung, nachdem er mein Glas wieder gefüllt hatte. »Bertha hatte er beim Tanz in der Putney Town Hall kennengelernt und sich auf den ersten Blick in sie verliebt. Sie erwiderte seine Liebe, und die beiden wollten heiraten. Dabei erwies sich Berthas Vater, ein stinkreicher Besitzer mehrerer Molkereibetriebe, als unvorhergesehenes Hindernis. Er hatte andere Pläne mit seiner Tochter und verbot Bertha die Ehe mit George.«

»Warum?«

»George war nur Schwimmlehrer, und das paßte dem alten Simmons nicht. Es bedurfte einer großen List, daß Vater Simmons schließlich doch seinen Segen gab.«

»Was war das für eine List?«

»Ganz einfach. Ich überredete Mr. Simmons, in dessen Haus ich verkehrte, zu einem Spaziergang am Themseufer. An einer bestimmten Stelle stolperte ich so unglückselig, daß ich Mr. Simmons ins Wasser stieß. George, der in einem Versteck auf diesen Moment gewartet hatte, sprang hinterher, tauchte und rettete seinen künftigen Schwiegervater aus den Fluten. Ich selbst mußte wegen jener Ungeschicklichkeit herbe Kritik einstecken und wurde einige Wochen nicht mehr von den Simmons zum Essen eingeladen, was für einen mittellosen und stets hungrigen Medizinstudenten eine harte Strafe war. Aber ich brachte dieses Opfer meinem Freund zuliebe, der nach dieser dramatischen Rettung Bertha heiraten durfte.«

»Und was schlägst du in Reginalds Fall vor?«

»Hier in Brinkley Court gibt es einen kleinen See, der für diesen Zweck ausreicht.«

Mein Gesicht glühte vor Aufregung. Roddy Glossop begeisterte mich mit seinen ungewöhnlichen Ideen. Ich dachte verschämt an die Zeit, wo ich ihn so völlig verkannt hatte. Wie hatte ich in diesem bewunderungswürdigen Arzt nur eine Bedrohung sehen können! Es war mir eine Lehre, daß man die Menschen nicht nur nach ihrem Aussehen beurteilen darf. Ein Mann kann einen kahlen Kopf und buschige Augenbrauen haben, in seinem Herzen aber ein prächtiger Kerl geblieben sein. Ich hob mein

Weinglas und prostete Roddy Glossop zu.

»Ich werde sofort eine Lagebesprechung anberaumen«, sagte ich.

»Kann Mr. Herring schwimmen?«

»Wie ein Fisch.«

»Dann kann nichts schiefgehen.«

Wir trennten uns wie zwei Verschwörer, und erst draußen fiel mir ein, daß ich ihn eigentlich über die neueste Entwicklung im Fall Wilbert Pudding hätte aufklären müssen. Zuerst wollte ich zurückgehen und ihm sagen, daß Wilbert das Milchkännchen gekauft und nicht gestohlen hatte, dann verschob ich das aber auf einen späteren Zeitpunkt, weil mir das andere Problem wichtiger erschien. Das kann ich nachher auch noch erledigen, sagte ich mir und ging zum Rasen hinüber, wo Bobbie und Reginald nebeneinander herschritten.

Unser Plan wurde mit enthusiastischer Begeisterung aufgenommen. Beide waren der Meinung, daß Upjohn, wenn er nur einen Funken Menschlichkeit in sich hatte, nun davon Gebrauch machen würde.

»Aber, Bertie, dieser Einfall stammt doch nicht von dir«, zweifelte Bobbie, die stets bereit war, den Scharfsinn der Woosters zu unterschätzen. »Du hast mit Jeeves darüber gesprochen.«

»Nein, nicht mit Jeeves, mit Swordfish. Er hatte die Idee.«

Reginald war überrascht.

»Du hast Swordfish alles erzählt?«

»Natürlich. In unserer derzeitigen Lage sind vier Köpfe besser als drei.«

»Und er schlug vor, Upjohn in den See zu werfen?«

»Ganz richtig.«

»Ein seltsamer Butler.«

Ich dachte nach.

»Seltsam? Oh, ich weiß nicht. Mir kommt er ganz normal vor«, erwiderte ich und schmunzelte.

15

Ich war mit ganzem Herzen bei der Sache und fieberte der Durchführung unseres Planes entgegen, als ich am folgenden Nachmittag auf dem Weg zum See Jeeves traf. Er wollte mir ausführlich vom Badenixenwettbewerb berichten, aber ich unterbrach ihn.

»Tut mir leid, Jeeves«, sagte ich, nachdem ich auf die Uhr geschaut hatte. »Ich habe eine dringende Verabredung. Sie müssen mir nachher weitererzählen.«

»Jederzeit, Sir.«

»Haben Sie in der nächsten halben Stunde etwas vor?«

»Nein, Sir.«

»Keine Lust, sich mit Spinoza in einen schattigen Winkel zurückzuziehen?«

»Nein, Sir.«

»Dann lade ich Sie ein, zum See mitzukommen und der Aufführung eines Einakters beizuwohnen.«

Mit wenigen Worten umriß ich das Programm und erklärte ihm die Umstände, die uns zu dieser Handlungsweise zwangen. Er hörte aufmerksam zu und hob skeptisch die linke Augenbraue.

»War das Miss Wickhams Einfall, Sir?«

»Nein, wenngleich er von ihr stammen könnte. Aber diesmal stand Sir Roderick Pate. Wahrscheinlich waren Sie überrascht, ihm hier als Butler zu begegnen.«

»Ja, ich staunte einen Moment lang, aber dann erklärte mir Sir Roderick die Umstände.«

»Er fürchtete, Sie könnten ihn vor Mrs. Pudding mit seinem richtigen Namen anreden?«

»Zweifellos, Sir. Übrigens entnahm ich seinen Bemerkungen, daß er noch immer zu keinem endgültigen Urteil über den Gesundheitszustand von Mr. Pudding gekommen ist.«

»Nein, er möchte ihn noch weiter beobachten. Also, jener Einfall stammt von Glossop. Was halten Sie davon?«

»Meiner Meinung nach ein schlechter Rat, Sir.«

Ich war erstaunt.

»Ein schlechter Rat?«

»Ja, Sir.«

»Aber der Plan klappte doch fabelhaft im Fall von Bertha Simmons und George Lanchester?«

»Schon möglich, Sir.«

»Warum sind Sie dann so pessimistisch?«

»Es ist nur ein Gefühl, Sir. Ich verlasse mich lieber auf Intuition im richtigen Augenblick als auf perfekt ausgearbeitete Pläne. Der römische Satiriker Petronius sagt, man solle nicht zuviel auf Pläne bauen, weil das Schicksal seine eigene Vernunft habe.«

Meine Stimmung war dahin, und ich ärgerte mich plötzlich über Jeeves' Überlegenheit. Ich hatte erwartet, daß er mich ermutigte; aber nun kam ich mir vor wie ein Kind, das bei der Mutter Trost sucht und statt dessen Prügel bezieht.

»Sie glauben also, daß Ihr Herr Petronius über unser Vorhaben die Nase rümpfen würde? Dann richten Sie ihm aus, er wäre ein großer Esel. Unser Plan ist bis ins Detail durchdacht. Miss Wickham lädt Upjohn zu einem Spaziergang ein und kommt mit ihm zum See. Ich stehe am Ufer und schaue den Fischen zu. Reginald verbirgt sich in der Nähe hinter einem Baum. Miss Wickham wird aufgeregt aufs Wasser zeigen und: ›Oh, sehen Sie nur?‹ rufen, Upjohn wird ans Ufer treten und sich vorbeugen, ich stoße ihn, Herring springt hinterher… Es kann gar nichts schiefgehen.«

»Wie Sie es erzählen, nicht, Sir. Aber ich habe dennoch ein ungutes Gefühl.«

Die Woosters sind für ihr aufbrausendes Temperament bekannt, und ich wollte ihm gerade klipp und klar sagen, was ich von seinem verdammten Gefühl hielt, als ich plötzlich erkannte, warum er in der Suppe nach Haaren suchte. Das grünäugige Ungeheuer hatte ihn gebissen. Er war verstimmt, weil diesmal nicht er der Kopf des Unternehmens war und der Plan von einem Rivalen stammte. Auch Männer von Größe haben ihre kleinen Schwächen, sagte ich mir, verkniff mir die boshafen Worte, die ich auf der Zunge hatte, und beschränkte mich auf ein rhetorisches: »Ja, so?« Es hatte keinen Sinn, dieses Feuer noch zu schüren.

Trotzdem hielt meine Verstimmung an, denn in einer solchen Situation konnte ich Kritik, die den Erfolg in Frage stellte, nicht brauchen, schon gar nicht die Ratschläge eines römischen Satirikers. Dabei hatte ich Jeeves nicht einmal erzählt, daß das Schauspiel beinahe schon an einer der Hauptpersonen gescheitert wäre. Upjohn hatte nämlich, als er in London war, seinen Schnurrbart rasiert, und Reginald verlor bei seinem Anblick die Nerven und wollte das ganze Unternehmen absagen. Er könne diesen Menschen mit seiner kahlen Oberlippe nicht einmal anschauen, geschweige denn aus dem Wasser ziehen. Es bedurfte großer Überredungskünste, um Reginald wieder aufzurichten.

Das war uns gelungen; denn als ich um Punkt 3 Uhr 30 an der verabredeten Stelle eintraf, lugte Reginald hinter seinem geschützten Baum hervor und winkte mir zu.

Da die weibliche Hauptdarstellerin mit ihrem Begleiter weit und breit nicht zu sehen war, zündete ich mir eine Zigarette an, um in Muße auf ihren Auftritt zu warten. Ich freute mich über das schöne Wetter, das für unsere Wasserspiele nicht hätte besser sein können. Wie oft erlebt man in England Sommertage, an denen die Sonne sich plötzlich hinter Wolken verbirgt und ein scharfer Nordostwind bläst. Dieser Nachmittag aber war warm und windstill. Ein kleines Bad im See würde ein willkommene Erfrischung sein. »Wie angenehm«, würde Upjohn sagen, wenn das kühle Wasser seinen erhitzten Körper umspielte.

Ich stand also am Seeufer und rekapitulierte die Regieanweisungen, als Wilbert Pudding, gefolgt von Poppet, auf mich zukam. Der Dackel bellte wie immer angriffslustig, beruhigte sich aber gleich, nachdem er den hundefreundlichen Woostergeruch erschnuppert hatte. Und ich konnte mich Wilbert Pudding zuwenden, der offensichtlich mit mir sprechen wollte.

Wilbert sah aus, als hätte er gerade eine schlechte Auster verschluckt wie damals Reginald bei seiner Ankunft in Brinkley Court. Zweifellos war der Verlust von Phyllis, wie dumm sie auch immer war, ein schwerer Schlag für ihn, und ich nahm an, er wollte sich von mir trösten lassen. Trost sollte er bekommen, wenn er nur bald wieder das Feld räumte, denn als Zuschauer konnten wir ihn nicht brauchen.

Aber die Rede kam gar nicht auf Phyllis.

»Oh, Wooster«, sagte er. »Ich habe neulich abends mit meiner Mutter gesprochen.«

»So?« erwiderte ich und begleitete meine Worte mit einer jovialen Handbewegung, die ihm zeigen sollte, daß er, wann immer er mit seiner Mutter sprechen wollte, meine Zustimmung finden würde.

»Sie erzählte mir, daß Sie sich für Mäuse interessieren.«

Dieses Thema gefiel mir ganz und gar nicht. Nichtsdestoweniger bewahrte ich meinen Gleichmut.

»Leidlich. Warum?«

»Sie sagte, daß Sie in meinem Zimmer eine gesucht haben!«

»Ja, das stimmt.«

»Nett von Ihnen, daß Sie sich darum kümmern.«

»Nicht der Rede wert. Es ist mir ein Vergnügen.«

»Sie erzählte mir auch, daß Sie mein Zimmer gründlich durchsucht hätten.«

»Nun, Sie wissen, wie das ist, wenn man erst einmal bei der Arbeit ist.«

»Und Sie haben keine Maus gefunden?«

»Nein, tut mir leid, keine Maus.«

»Vielleicht haben Sie aber zufällig ein Milchkännchen aus dem achtzehnten Jahrhundert gesehen, das die Form einer Kuh hat?«

»Eh?«

»Einen kleinen silbernen Krug.«

»Nein. Stand das Ding irgendwo auf dem Fußboden?«

»Es war in einer Schreibtischschublade.«

»Dann sind wir uns nicht begegnet.«

»Und können es auch nicht mehr. Das Milchkännchen ist nämlich verschwunden.«

»Verschwunden?«

»Verschwunden.«

»Sie meinen, einfach verschwunden?«

»Ja.«

»Seltsam.«

»Sehr seltsam.«

»Äußerst seltsam.«

Ich hatte zwar so unbeteiligt wie möglich gesprochen, so daß ein Fremder mir nicht hätte anmerken können, wie aufgeregt ich war. Aber es bedurfte nicht allzu vieler Phantasie, um sich vorzustellen, wo das Milchkännchen geblieben war. Jetzt bereute ich, Glossop nicht längst davon in Kenntnis gesetzt zu haben, daß Wilbert der rechtmäßige Besitzer war.

»Ich wollte Sie fragen, ob ich Ihrer Meinung nach Mrs. Travers informieren soll«, fuhr Wilbert fort.

Die Zigarette, die ich gerade rauchte, gehörte zu der Sorte, die die Leute unbekümmert werden läßt. Deshalb blieb ich auch weiterhin ruhig.

»Oh, das würde ich nicht«, riet ich ihm ab.

»Warum nicht?«

»Es könnte sie aufregen.«

»Halten Sie sie für sensibel?«

»Ja, sehr sogar. Eine rauhe Schale hat sie, selbstverständlich, aber danach können Sie nicht gehen. An Ihrer Stelle würde ich noch etwas warten. Man verlegt doch öfter etwas und sucht es ganz woanders als dort, wo man es hingelegt hat. Verstehen Sie, was ich meine?«

»Nein.«

»Suchen Sie noch einmal gründlich, dann finden sie Ihr Kännchen vielleicht.«

»Glauben Sie, daß es wieder zurückkehrt?«

»Ja.«

»Wie eine Brieftaube?«

»Genau.«

»Oh!« Damit wandte sich Wilbert Bobbie und Upjohn zu, die gerade am Bootssteg aufkreuzten. Ich fand zwar sein Benehmen ein wenig eigenartig, vor allem dieses hingeworfene »Oh!«, aber ich war froh, daß er mich nicht verdächtigt hatte. Er hätte nämlich leicht auf die Idee kommen können, daß Onkel Tom mich beauftragt hatte, sein Kännchen heimlich zurückzuholen. So etwas soll bei leidenschaftlichen Sammlern öfter vorkommen. Ganz wohl fühlte ich mich jedenfalls nicht in meiner Haut und beschloß, so bald wie möglich Roddy Glossop zu sagen, er möge besagtes Objekt in Wilberts Zimmer zurückschaffen.

Ich ging hinüber zu Bobbie und Upjohn. Mein

Herz klopfte, und wenn ich schluckte, hatte ich das Gefühl, als hätte ich Schmetterlinge in der Kehle. Ich hatte Lampenfieber wie in meiner Knabenzeit, als ich mit einer Laienspielgruppe in Market Snodsbury auftrat und ein Lied vortragen mußte.

»Hallo, Bobbie«, sagte ich.

»Hallo, Bertie«, antwortete sie.

»Hallo, Upjohn«, sagte ich.

Korrekt wäre gewesen, wenn er mit »Hallo, Wooster« geantwortet hätte. Statt dessen schnaubte er wie ein Wolf, der mit einem Fuß in eine Falle geraten ist. Er sah aus, als wünschte er sich an einen anderen Ort.

Bobbie entfaltete ihren ganzen mädchenhaften Charme und sprach sehr lebhaft.

»Ich erzählte Mr. Upjohn von dem großen Fisch, den wir gestern im See gefunden haben, Bertie.«

»Ach ja, der große Fisch.«

»Er war ein Mordskerl, nicht wahr?«

»Ja, fabelhaft.«

»Ich habe Mr. Upjohn hergebracht, damit er ihn sich auch ansehen kann.«

»Ganz recht. Sie werden an dem Riesenkerl Ihre Feunde haben, Mr. Upjohn.«

Upjohn aber blieb spröde.

»Das werde ich keineswegs«, antwortete er wütend. »Es ist höchst dumm, daß ich mich gerade jetzt vom Haus entfernt habe. Ich erwarte einen Anruf von meinem Rechtsanwalt.«

»Oh, ich würde mich einfach nicht darum scheren«, sagte ich freundlich. »Diese Anwälte reden ja doch nur dummes Zeug. Sie würden es sich nie verzeihen, deswegen den großen Fisch verpaßt zu haben. Sie sagten etwas, Upjohn?« fragte ich höflich, da Upjohn gerade dazwischengeredet hatte.

»Ich möchte Ihnen sagen, Mr. Wooster, daß Sie und Miss Wickham offensichtlich in dem Wahn leben, ich interessierte mich für Fische. Sie irren sich. Ich interessiere mich nicht für Fische, weder für große noch für kleine. Ich hätte das Haus nicht verlassen dürfen. Und jetzt kehre ich sofort um.«

»Ach, gehen Sie doch noch nicht«, bettelte ich.

»Jetzt gleich muß er vorbeischwimmen«, sagte Bobbie und sah mich an. In ihren Augen las ich die Botschaft: Jetzt oder nie. Sie beugte sich vor und zeigte aufgeregt mit dem Zeigefinger aufs Wasser.

»Oh, sehen Sie!« rief sie.

Das war der Moment, in dem sich, wie ich Jeeves erklärt hatte, Upjohn hätte vorbeugen müssen, um mir meine Arbeit zu erleichtern. Aber er dachte gar nicht daran, auch nur einen Blick auf den See zu verschwenden, denn in diesem Augenblick stand Phyllis plötzlich neben uns und säuselte: »Liebster Daddy, du wirst am Telefon verlangt.«

Sie hatte es kaum gesagt, als Upjohn uns schnellen Schrittes verließ. Dackel Poppet, der die ganze Zeit im Kreis herumgelaufen war, vermochte kaum schneller zu laufen.

Langsam verstand ich, was Petronius gemeint hatte. In diesem Fall hatte das Schicksal eingegriffen und uns die Hauptperson entführt. Ich erinnerte mich an eine unserer Laienspielaufführungen von ›Charleys Tante‹ in Market Snodsbury, als mitten im zweiten Akt Catsmeat Potter-Pirbright, der den Lord Fancourt Babberly spielte, mit Nasenbluten die Bühne verließ.

Bobbie und ich schwiegen nach dieser Panne, die im Drehbuch nicht vorgesehen war. Phyllis schwatzte munter weiter.

»Ich fand im Garten dieses niedliche Kätzchen«, sagte sie.

Erst jetzt sah ich, daß sie Kater Augustus im Arm trug. Er wirkte ein wenig verstört, und wer ihn kennt, weiß auch warum. Er wollte schlafen, aber Phyllis flüsterte ihm ständig irgendwelche Koseworte ins Ohr.

Dann setzte sie ihn auf die Erde.

»Ich habe es mitgebracht, damit Poppet sich mit ihm unterhält. Poppet liebt Katzen, nicht wahr, mein Engel? Komm, mein Liebling, begrüß einmal das süße Kätzchen.«

Ich blickte kurz zu Wilbert Pudding hinüber, um zu sehen, wie er reagierte. Phyllis' albernes Getue mußte doch den letzten Funken Liebe in seiner Brust ersticken. Aber ich hatte mich getäuscht. Wilbert hing an Phyllis' Lippen, als wären ihre Worte Musik in seinen Ohren. Komisch, dachte ich, konnte aber darüber nicht weiter nachdenken, weil ich abgelenkt wurde.

Als Phyllis Augustus auf den Boden gesetzt hatte, rollte er sich sofort zu einer Kugel zusammen und döste gleich ein. Poppet, der die ganze Zeit herumgestrolcht war und jetzt wiederkam, sah den Kater, legte die Ohren an, stellte den Schwanz auf und sprang bellend seinem Widersacher entgegen.

Das konnte nicht gutgehen. Die sanfteste Katze wird böse, wenn sie auf so unfreundliche Weise aus dem Schlaf gebellt wird. Augustus aber hatte schon Phyllis ertragen müssen, und jetzt war seine Langmut erschöpft. Er machte einen Buckel und fauchte wütend. Ich hörte einen gellenden Schrei, und plötzlich schoß etwas langes Braunes zwischen meine Beine und stürzte sich und mich in die Tiefe. Ich tauchte unter, bevor ich wußte, wie mir geschah.

Als ich auftauchte, stellte ich fest, daß Poppet und ich nicht die einzigen Badegäste waren. Wilbert Pudding war ebenfalls ins Wasser gesprungen, um den Dackel herauszuziehen. Und dann packte auch mich jemand am Schlafittchen.

»Alles in Ordnung, Mr. Upjohn. Bleiben Sie schön ruhig... Was zum Teufel machst du denn hier, Bertie?« fragte Reginald, der mutige Retter, ein wenig gereizt.

Ich spie einen Mundvoll Wasser aus und nestelte den Tang aus meinem Haar.

»Ich weiß nicht«, sagte ich, als wir am Ufer waren, »ob du gelesen hast, was ein gewisser Petronius vom Pläneschmieden hält. Aber ich muß gestehen, der Mann hat recht.«

16

Mit tropfnassen Kleidern gingen wir, von Bobbie begleitet, zum Haus zurück, als wir Tante Dahlia, mit einem voluminösen Sonnenhut gegen die sengende Nachmittagssonne gewappnet, in der Nähe des Tennisplatzes trafen. Reginald und ich sahen aus wie zwei geschlagene napoleonische Soldaten nach der Katastrophe von Moskau. Tante Dahlia starrte uns einen Moment lang sprachlos an und brachte dann einen saftigen Fluch hervor, den sie sicherlich bei einem ihrer ehemaligen Jagdgefährten aufgeschnappt hatte. Schließlich sagte sie: »Was soll das feuchte Treiben? Erst kam Wilbert Pudding, naß bis auf die Knochen, und jetzt tröpfelt ihr heran. Habt ihr Wasserpolo gespielt?«

»Nicht Wasserpolo, eher verrückt«, antwortete ich. »Aber das ist eine lange Geschichte. Zuerst müssen Reginald und ich zusehen, daß wir trockene Sachen an den Leib kriegen. Nachher plaudern wir gern mit dir.«

»Das Erstaunliche ist, daß ich Upjohn kurz vor euch aus derselben Richtung kommen sah, und er war strohtrocken. Wie das? Wollte er nicht mitspielen?«

»Er mußte ans Telefon. Sein Anwalt rief an«, erklärte ich rasch, überließ Bobbie alle weiteren Erläuterungen und setzte mit Reginald den Weg fort.

Ich hatte mich gerade umgezogen, als es an meine Zimmertür klopfte. Ich riß die Tür weit auf, und vor mir standen Bobbie und Reginald.

Das erste, was mir an den beiden auffiel, war ihre erstaunlich gute Laune. Wenn man bedenkt, daß eine Viertelstunde vorher all unsere Hoffnung buchstäblich ins Wasser gefallen war, sollte man meinen, die beiden wären nach dieser Niederlage ganz geknickt gewesen. Ich glaubte zuerst, es wäre der unzerstörbare englische Optimismus, der ihnen die Hoffnung einflößte, das Ganze ließe sich zu einem späteren Zeitpunkt wiederholen. Deshalb fragte ich sie, ob sie das vorhätten.

Das wäre sinnlos, meinte Reginald, da sie Upjohn bestimmt kein zweites Mal zum See lotsen könnten. Und Bobbie fügte hinzu, daß ich bestimmt wieder alles verderben würde.

Diese Bemerkung ärgerte mich sehr, wie ich ehrlich gestehen muß. »Wie meinst du das?«

»Du würdest ja doch bloß wieder über deine Plattfüße stolpern und wie vorhin selbst ins Wasser fallen.«

»Entschuldige mal«, sagte ich mit aller Beherrschung, die man von einem englischen Gentleman im Umgang mit dem weiblichen Geschlecht erwartet, »was redest du für einen Unsinn! Ich bin nicht über meine Füße gestolpert, sondern die göttliche Vorsehung hat mir völlig überraschenderweise einen Dackel zwischen die Beine geschickt. Und aus diesem Grund bin ich ins Wasser gefallen. Wenn du schon jemanden für den Mißerfolg verantwortlich machen willst, dann beginne doch bei der dämlichen Phyllis, die Kater Augustus angeschleppt hat. Natürlich mußte Poppet eifersüchtig werden.«

»Bertie hat recht«, verteidigte mich Reginald. »Er konnte nichts dafür, daß der verflixte Dackel ihm zwischen die Beine lief. Dackel sind von Natur aus so gestaltet, daß man ständig über sie stolpert. Ich finde, Bertie ist unschuldig.«

»Ich nicht«, erwiderte Bobbie. »Aber darauf kommt es ja auch überhaupt nicht an.«

»Das stimmt, darauf kommt es jetzt nicht mehr an; denn deine Tante hatte einen noch besseren Einfall. Sie erzählte Bobbie die Geschichte von Boko Fittleworth, der sich nach einem Streit mit deinem Onkel Percy wieder versöhnen wollte. Damals hast du dich geopfert und deinen Onkel absichtlich beleidigt. Boko, der vor der Tür lauerte, kam herein, ergriff die Partei deines Onkels, und schon waren die beiden wieder versöhnt. Kannst du dich noch daran erinnern?«

Ich schüttelte mich unwillig, denn ich konnte mich nur zu gut an jenen Zwischenfall erinnern.

»Deine Tante meint, daß wir in gleicher Weise mit Upjohn verfahren sollten. Ich bin sicher, daß sie recht hat. Du weißt, wie du dich fühlst, wenn du feststellst, daß du auch in der Not einen wirklichen Freund hast, einen Menschen, der es nicht mit anhören kann, wie dich jemand beleidigt. Du bist gerührt. Wenn du vorher ein Vorurteil gegen ihn gehabt haben solltest, wirst du sofort deine Meinung über ihn ändern. Du wirst einem solchen Menschen nichts abschlagen können. Und genauso wird Upjohn über mich denken, Bertie, wenn ich ihm zu Hilfe eile, nachdem du ihm die unflätigsten Schimpfworte an den Kopf geworfen hast. Du mußt dir von deiner Tante ein paar sagen lassen. Sie ist früher zur Jagd gegangen. Passionierte Jäger können unvorstellbar fluchen, vielleicht, weil ständig irgendwelche Hunde zwischen Pferdebeine laufen und dabei großes Unheil anrichten. Bitte sie um eine kleine Liste mit den besten Kraftausdrücken.«

»Die braucht Bertie nicht, so etwas kann er von selbst«, warf Bobbie ein und kicherte.

»Selbstverständlich. Er hat diese Ausdrücke statt Kinderliedern auf ihrem Schoß gelernt«, ergänzte Reginald. »Also, Bertie, du kennst den Plan. Du paßt eine günstige Gelegenheit ab und beschimpfst Upjohn, so unflätig es nur geht...«

»Wenn er im Liegestuhl liegt, am besten.«

»Du fuchtelst ihm mit der Faust vor dem Gesicht herum. Wenn er dann endlich vor Wut zittert, komme ich ihm zu Hilfe. Bobbie schlägt vor, daß ich dich vor ihm verprügeln soll, aber das könnte ich nicht. Ich werde dich nur mit Worten zurechtweisen. ›Wooster‹, werde ich sagen, ›ich bin schockiert. Ich kann nicht zulassen, daß irgend jemand einen Mann beleidigt, den ich, so weit ich zurückdenken kann, bewundert und geschätzt habe und in dessen Privatschule ich die glücklichsten Jahre meines Lebens verbracht habe. Ich muß doch bitten, Wooster.‹ Daraufhin ziehst du beschämt ab, und Upjohn wird mich voll Dankbarkeit fragen, was er für mich tun kann. Dann brauche ich nur noch meinen Wunsch vorzutragen.«

»Ich meine, es wirkt echter, wenn du Bertie niederschlägst.«

»Nachdem mich Upjohn erst liebgewonnen hat...«

»Einen kräftigen Schlag wenigstens.«

»Wenn ich mich also bei ihm lieb Kind gemacht habe, bringe ich das Gespräch auf die Klage. Ich erzähle ihm, daß ich die letzte Ausgabe der *Thursday Review* gelesen habe und ihn verstehe, daß er gegen die Zeitung gerichtlich vorgehen will. ›Aber bedenken Sie, Mr. Upjohn‹, werde ich sagen, ›wenn eine Wochenzeitung, die sehr knapp kalkulieren muß, soviel Geld verliert, muß sie diese Sonderausgabe an anderer Seite wieder einsparen. Das bedeutet, daß die jüngsten Redakteure entlassen werden. Und Sie, Mr. Upjohn, möchten doch nicht, daß ich meinen

Arbeitsplatz verliere.‹ Er wird fragen: ›Gehören Sie zur Redaktion der *Thursday Review*?‹ Und ich werde antworten: ›Zur Zeit ja. Aber wenn Sie die Zeitschrift verklagen, muß ich auf der Straße Bleistifte verkaufen.‹ Jetzt kommt der entscheidende Augenblick. Während ich ihm fest in die Augen blicke, sehe ich, wie sein Gehirn fieberhaft arbeitet. Er denkt an die fünftausend Pfund und zögert natürlich einen Moment lang. Dann siegt sein besseres Ich. Seine Gesichtszüge entspannen sich, und in seinen Augen stehen Tränen. Er greift nach meiner Hand und sagt, daß er fünftausend Pfund so gut wie jeder andere brauchen könnte. Aber was ist schon Geld, wenn man dafür einem Burschen, der einen so tapfer gegen den lausigen Wooster verteidigt hat, ein Leid zufügt! Die Szene endet in Swordfishs Anrichte, wo die Freundschaft mit einem Tropfen Portwein besiegelt wird. Vielleicht folgt noch eine herzliche Umarmung. Und noch am selben Abend verfaßt Upjohn einen Brief an seinen Anwalt, in dem er die Klage zurückzieht. Irgendwelche Fragen?«

»Nein, zum Glück nicht.«

»Dann finde ich keine Lücke im Drehbuch. Er wird die Klage zurücknehmen.«

»Nach gesundem Menschenverstand zu urteilen, wird er sich so und nicht anders verhalten. Wir müssen uns nur noch Zeit und Ort für Berties Auftritt überlegen.«

»Am besten gleich.«

»Aber wo finden wir Upjohn?«

»Er ist in Mr. Travers' Arbeitszimmer. Ich sah ihn durch die Terrassentür.«

»Ausgezeichnet. Also, Bertie, bist du bereit?«

Dieser Dialog war von Reginald und Bobbie allein bestritten worden. Ich hielt mich zurück und dachte indessen mit Schrecken an das, was mir bevorstand. An der Tatsache, daß es mir bevorstand, war nicht zu rütteln. Ich hätte mich diesem Plan auf keinen Fall widersetzen können, denn schließlich bin ich ein Wooster, und ein Wooster, das steht fest, läßt seinen Freund nicht im Stich. Wenn es die einzige Möglichkeit war, Reginald vor dem Ruin oder einer Bauchladenexistenz zu bewahren – obwohl ich persönlich einen Obststand für lukrativer halte –, dann wollte ich Upjohn mit der Faust vor dem Gesicht herumfuchteln und ihm Worte an den Kopf werfen, die man in keinem Lexikon findet. Wenn diese Mutprobe mir auch graue Haare einbringen sollte, ich mußte sie bestehen, ohne Rücksicht auf meine schwachen Nerven.

Deshalb stammelte ich mit heiserer Stimme: »Ich bin bereit«, und gab mir Mühe, nicht daran zu denken, wie Upjohn ohne Schnurrbart aussah. Wie ich schon des öfteren erwähnt habe, war Upjohns nackte, zuckende Oberlippe der Alptraum meiner Schulzeit gewesen.

»Mein Held«, flüsterte Bobbie Reginald zu, als wir uns dem Kampfplatz näherten.

Reginald fragte mich auf dem Weg dorthin, ob ich auch heute gut bei Stimme sei, obwohl er sich lieber nach meinen Nerven hätte erkundigen sollen.

Ich fühlte mich wie ein Neuling im Ring, der seinen ersten Kampf gegen einen Weltmeister im Schwergewicht bestehen soll, als ich nach einigem Zögern die Tür zum Arbeitszimmer öffnete und hineinwankte. Schließlich war Upjohn, dessen Strenge jahrelang Eltern und Schüler in Atem gehalten hatte, nicht der Mann, dem man hemmungslos mit der Faust vor dem Gesicht herumfuchtelte und derbe Flüche zubrüllte, auch wenn einem danach zumute war.

Onkel Toms Arbeitszimmer war ein Raum, den ich, obwohl ich oft in Brinkley Court gewesen war, selten betreten hatte. Hier war Onkel Toms Reich, und hier hielt er mir immer endlose Vorträge über altes Silber. Daher unterhielt ich mich mit meinem Onkel lieber auf neutralerem Boden, wo er dann auch zu anderen Gesprächsthemen aufgelegt war. So kam es, daß ich schon seit über einem Jahr nicht mehr in seinem Heiligtum gewesen war und vergessen hatte, wie sehr es dem Arbeitszimmer von Aubrey Upjohn in Malvern House ähnelte. Als ich Upjohn jetzt an Onkel Toms Schreibtisch sitzen sah, verließ mich der Mut, und ich fühlte mich wieder wie damals, als er mich in Privataudienz empfing, um schlagkräftig irgendeine kleine Abschweifung vom rechten Weg mit mir zu besprechen. Außerdem wurde mir erst in diesem Moment bewußt, daß man nicht einfach in ein Zimmer eindringen und ohne Einleitung den anderen mit wilden Flüchen überfallen konnte. Man mußte zumindest erst einen Streit vom Zaun brechen.

»Oh, hallo«, sagte ich, weil mir wieder einmal nichts Besseres einfiel. »Lesen Sie?«

Er legte sein Buch auf den Tisch, übrigens einen Kriminalroman von Adela Pudding, und blickte mich böse an.

»Ihre Beobachtungsgabe ist erstaunlich, Wooster. Ja, ich lese«, erwiderte er unfreundlich.

»Ein spannendes Buch?«

»Sehr sogar. Ich zähle die Sekunden, bis ich in meiner Lektüre ungestört fortfahren kann.«

Ich merkte sofort, daß die Atmosphäre nicht sehr herzlich war. Mit Worten und Blicken hatte mir Upjohn zu verstehen gegeben, für wie überflüssig er meine Anwesenheit hielt.

Jedoch, ich blieb hartnäckig. »Wie ich sehe, haben Sie Ihren Schnurrbart abrasiert.«

»So ist es. Sie meinen hoffentlich nicht, daß das ein Fehler war.«

»O nein. Ich selbst hatte mir letztes Jahr einen Schnurrbart wachsen lassen, mußte ihn aber auch wieder abnehmen.«

»Tatsächlich?«

»Die allgemeine Stimmung war nicht bartfreundlich.«

»Nun, belassen wir es dabei. Ich würde mich gern mit Ihnen unterhalten, Wooster, aber ich erwarte einen Anruf von meinem Anwalt.«

»Ich dachte, er hätte bereits angerufen.«

»Wie bitte?«

»Als Sie unten am See waren, rief er doch bereits an.«

»Das stimmt. Aber ehe ich am Telefon war, hatte er längst aufgelegt. Ich hätte nicht mit Miss Wickham mitgehen dürfen.«

»Sie wollte Ihnen diesen Riesenfisch zeigen.«

»Das sagte sie.«

»Wenn wir schon über Fisch reden – Sie müssen gestaunt haben, unserem ›Hering‹ hier zu begegnen.«

»Hering?«

»Herring.«

»Ach ja, Herring«, erwiderte er vollkommen gleichgültig.

Ich überlegte, wie ich dem Gespräch endlich die gewünschte aggressive Wende gegen könnte, als die Tür aufflog und Phyllis aufgeregt ins Zimmer flatterte.

»Oh, Daddy«, schnatterte sie, »bist du sehr beschäftigt?«

»Nein, mein Liebes.«

»Kann ich mit dir etwas besprechen?«

»Gewiß. Auf Wiedersehen, Wooster.«

Ich begriff sofort. Er wollte, daß ich gehe. Mir

blieb also nichts anderes übrig, als unverrichteterdinge das Feld, das leider nicht zum Schlachtfeld geworden war, zu räumen. Ich war kaum durch die Terrassentür ins Freie gelangt, als sich Bobbie wie ein Raubtier auf mich stürzte.

»Warum, zum Teufel, hast du die kostbare Zeit vertrödelt, Bertie?« zischte sie böse. »Plauderst stundenlang über Schnurrbärte und ähnlichen Schwachsinn.«

Ich versuchte ihr klarzumachen, daß ich auf das richtige Stichwort gewartet hatte.

»Du und deine Stichworte!«

»Aber ich mußte doch dem Gespräch erst einmal eine ärgerliche Wendung geben, um mir eine Ausgangsbasis für einen Streit zu schaffen.«

»Ich verstehe, was Bertie meint, Darling«, verteidigte mich Reginald. »Er braucht...«

»Einen Anknüpfungspunkt«, unterbrach ich ihn.

»Wenn du mich fragst, so bin ich der Meinung, er hatte einfach keinen Mut. Der Wurm hat kalte Füße bekommen.«

Ich hätte erwidern können, daß Würmer überhaupt keine Füße haben, weder kalte noch warme, aber mir war nicht nach Wortklaubereien zumute.

»Ich muß dich bitten, Reginald«, begann ich würdevoll, »deiner Verlobten mehr Anstand beizubringen. Ich hatte keine Angst und hätte meinen Löwenmut auch bewiesen, wenn Phyllis nicht hereingekommen wäre, als ich gerade dabei war, die Stimmung anzuheizen. Sie wollte mit ihrem Stiefvater etwas besprechen.«

Bobbie stöhnte, als müßte sie an meiner Dummheit verzweifeln.

»So eine Besprechung kann Stunden dauern. Es hat keinen Sinn zu warten.«

»Das glaube ich auch«, meinte Reginald. »Wir werden Zeit und Ort für den nächsten Versuch bekanntgeben, Bertie.«

»Danke«, erwiderte ich verstimmt, und dann ließen mich die beiden allein.

Mißmutig wegen des Fehlschlags, blieb ich an derselben Stelle stehen und dachte über Reginalds traurigen Fall nach, als Tante Dahlia über den Rasen auf mich zukam. Ich freute mich, sie zu sehen. Vielleicht würde sie mich trösten, denn obwohl sie sich manchmal zum Scherz sehr rauh gab, konnte man auf ihren Trost bauen, wenn man ihn wirklich nötig hatte.

Als sie nähergekommen war, erkannte ich, daß auch sie bekümmert aussah.

Und ich täuschte mich nicht.

»Bertie«, sagte sie, und es klang ein wenig theatralisch, »weißt du was?«

»Nein, liebe Tante. Was soll ich denn wissen?«

»Ich sage es dir«, trompetete sie. »Diese dumme Gans Phyllis hat sich mit Wilbert Pudding verlobt.«

17

Die Nachricht von Phyllis' und Wilberts Verlobung ließ mich als Mann ungerührt, nicht aber als Neffen von Tante Dahlia. Wenn eine geliebte Tante Himmel und Hölle in Bewegung gesetzt hat, um ihr Patenkind von einer Ehe mit einem schlecht beleumundeten New Yorker Playboy abzubringen, und plötzlich feststellen muß, daß ihre ganze Mühe umsonst war, dann ist es nur natürlich, daß der Sohn ihres verstorbenen Bruders ebenfalls empört ist.

»Wirklich?« fragte ich ungläubig. »Wer hat dir das erzählt?«

»Sie selbst.«

»Sie selbst?«

»Höchstpersönlich. Sie kam gerade eben angehüpft, klatschte fröhlich in die Hände und plapperte munter, wie ›sehr, sehr glücklich‹ sie wäre. Ich hätte dieses dumme Ding am liebsten geohrfeigt.«

»Aber wie konnte das geschehen?«

»Wie ich ihren wirren Reden entnehme, fiel ihr Hund mit dir ins Wasser.«

»Ja, das stimmt. Aber was hat Poppets Bad mit der Verlobung zu tun?«

»Wilbert Pudding sprang ins Wasser und rettete angeblich den Köter.«

»Völlig unnötigerweise, denn der Dackel kann fabelhaft schwimmen. Er war gerade dabei, ans Ufer zu kraulen, als Wilbert hineinsprang.«

»Das begreift aber Phyllis nicht mit ihrem Spatzengehirn. Für sie ist Wilbert Pudding der tapfere Lebensretter ihres ›süßen kleinen Engelchens‹. Jetzt will sie den Helden zur Belohnung heiraten.«

»Aber man heiratet doch keinen Burschen, nur weil er einen Dackel aus dem Wasser zieht.«

»Mädchen ihres Schlages schon.«

»Eigenartig.«

»Ja, das ist es auch. Ich kenne die sentimentale Gefühlswelt von Mädchen wie Phyllis sehr gut. Du erinnerst dich vielleicht, daß ich vier Jahre lang eine wöchentlich erscheinende Frauenzeitschrift verlegt und herausgegeben habe.«

Tante Dahlia meinte damit *Miladys Boudoir*, die regelmäßig auch eine Seite mit Mode für den Herrn brachte. Ich selbst hatte für diese Seite dreimal einen Artikel über den gutaussehenden Mann beigesteuert. Vor kurzem hatte Tante Dahlia die Zeitschrift an einen Trottel in der Nähe von Liverpool verkauft, und Onkel Tom strahlte, nachdem der Handel zustande gekommen war. Vier Jahre lang hatte nämlich er für die unbezahlten Rechnungen aufkommen müssen.

»Ich nehme nicht an, daß du die Zeitschrift regelmäßig gelesen hast«, fuhr Tante Dahlia fort. »Deshalb wirst du nicht wissen, daß in jeder Ausgabe eine Kurzgeschichte abgedruckt war. In siebzig von hundert Fällen eroberte der Held das Herz der Heldin, indem er den Hund, die Katze, den Kanarienvogel oder sonst ein verdammtes Viech, das die Angebetete besaß, rettete. Phyllis hätte leicht die Verfasserin jener Geschichten sein können, sie denkt und empfindet haargenau so. Sie hat eben nur ein winziges Gehirn. Arme Jane!«

»Wer?«

»Ihre Mutter. Jane Mills.«

»Ach ja, deine Freundin.«

»Die beste Freundin, die ich je hatte. Sie sagte oft zu mir: ›Dahlia, altes Mädchen, wenn ich vor dir ins Jenseits gehen sollte, dann paß auf Phyllis auf und verhindere, daß sie irgendeinen dahergelaufenen Kerl heiratet. Du weißt, wie die jungen Mädchen sind!‹ Dabei dachte sie bestimmt an sich selbst und ihren ersten Mann, der ihr das Leben zur Hölle gemacht hatte, bis er eines Nachts zum Glück betrunken in die Themse fiel und erst nach Tagen wieder auftauchte. ›Laß sie keinen Taugenichts heiraten‹, sagte sie, und ich versprach: ›Jane, du kannst dich auf mich verlassen!‹ Und jetzt geschieht das!«

Ich gab mir alle Mühe, meine arme Tante zu beruhigen.

»Du kannst dir nichts vorwerfen. Du hast schließlich alles versucht, diese Verlobung zu verhindern.«

»Doch, ich bin schuld.«

»Nein, es ist nicht deine Schuld.«

»Ich habe schließlich Wilbert Pudding eingeladen.«

»Ja, aber nur, um Onkel Tom einen Gefallen zu tun.«

»Und außerdem habe ich Upjohn hiergelassen, so daß er sie ständig anfeuern konnte.«

»Upjohn gebe ich die Hauptschuld.«

»Ich auch.«

»Man sollte ihm gründlich die Meinung sagen.«

»Das werde ich auch. Ich würde zehn Pfund dafür geben, wenn ich ihn jetzt hier hätte.«

»Du kannst ihn umsonst haben. Er sitzt in Onkel Toms Arbeitszimmer.«

Ihre finstere Miene hellte sich plötzlich auf.

»Wirklich?« fragte sie und holte tief Luft. »Upjohn!« brüllte sie aus Leibeskräften, als müßte sie eine große Rinderherde zusammentreiben.

»Paß auf deinen Blutdruck auf, liebe Tante.«

»Kümmere du dich nicht um meinen Blutdruck. Ich kümmere mich auch nicht um ihn, und er sich nicht um mich. Upjohn!«

Er erschien in der Terrassentür und sah kalt und streng aus wie damals in Malvern House, wenn ich etwas ausgefressen hatte. (»Ich möchte Wooster sofort nach dem Morgengebet in meinem Zimmer sehen!« So lautete meist die stereotype Einladung.)

»Wer macht hier solchen Lärm? Oh, Sie sind's, Dahlia.«

»Ja. Ich bin es.«

»Sie wollten mich sehen?«

»Ja, aber nicht so gesund und munter, wie Sie aussehen, sondern mit gebrochenem Rückgrat, gebrochenen Beinen und leprakrank.«

»Aber, aber... Meine liebe Dahlia!«

»Ich bin nicht Ihre liebe Dahlia, eher ein siedender Vulkan. Haben Sie Phyllis gesehen?«

»Ja, sie hat mich gerade verlassen.«

»Hat sie es Ihnen erzählt?«

»Daß sie mit Wilbert Pudding verlobt ist? Gewiß.«

»Und Sie sind entzückt, wie ich sehe.«

»Selbstverständlich.«

»Selbstverständlich! Ich kann mir vorstellen, daß es einem Strolch wie Ihnen Freude macht, wenn das dumme Schaf einen Mann heiratet, der Stinkbomben in Nachtklubs wirft und silberne Löffel klaut, der bereits dreimal geschieden ist und eines Tages im Kittchen oder im Irrenhaus landen wird. Das ist ein schöner Märchenprinz.«

»Ich verstehe Sie nicht.«

»Dann sind Sie ein Esel.«

»Na, hören Sie mal!« rief er empört und mit strafender Miene. Ich hatte das Gefühl, als hielt er nach seinem Rohrstock Ausschau. Es hätte mich nicht gewundert, wenn er plötzlich mit einer Peitsche auf Tante Dahlia losgegangen wäre. Bei diesem Lehrervolk kann man nie wissen!

»Eine steile Karriere, die Janes Tochter bevorsteht: Mrs. Broadway-Willie!«

»Broadway-Willie?«

»So wird er jedenfalls in seinen reizenden Kreisen genannt, in die er jetzt Phyllis einführen wird. Er wird ihr beibringen, wie man Stinkbomben schnell und sauber herstellt, und den Kindern, falls sie je welche haben sollten, wird er von klein auf einbleuen, wie man anderer Leute Taschen unbemerkt ausräumt. Und Sie sind dafür verantwortlich, Mr. Aubrey Upjohn!«

Mir wurde angst und bange. Einerseits amüsierte ich mich köstlich, wie Tante Dahlia den verhaßten Pauker herunterputzte, dann aber sah ich, wie Upjohn verächtlich den Mund verzog und wie ein Ausdruck höchster Zufriedenheit in sein Gesicht trat. Das war ein sicheres Anzeichen dafür, daß er sich wieder einmal überlegen fühlte. Seine Oberlippe zuckte bedrohlich, was in Malvern House nie etwas Gutes bedeutete. Dabei fiel mir seine Reaktion ein, als ich mit dem Kricketball unglücklicherweise das Fenster vom Gemeinschaftsraum getroffen hatte, und ich fürchtete ehrlich, daß er auch meine Tante übers Knie legen würde. Ich konnte mir das zwar nicht ganz vorstellen, aber gewisse Anzeichen sprachen dafür.

Meine Gefühle hatten mich nicht getäuscht. Die zuckende Oberlippe war immer von gewisser Bedeutung.

»Wenn Sie mir zwischendurch vielleicht auch ein Wort gestatten, meine liebe Dahlia«, erklärte er seelenruhig. »Ich glaube, wir sprechen über völlig verschiedene Leute. Sie scheinen anzunehmen, daß Phyllis Wilberts jüngeren Bruder Wilfred, jenen verabscheuungswürdigen Playboy, der als Broadway-Willie bekannt ist, heiraten will. Wilfred ist in der Tat das Sorgenkind der Familie Pudding und hat bereits drei gescheiterte Ehen hinter sich. Von Wilbert hingegen habe ich noch nie etwas Nachteiliges gehört. Im Gegenteil, ich kenne wenige junge Männer, die in so gutem Rufe stehen. Er habilitiert sich gerade an einer der größten amerikanischen Universitäten in Romanistik.«

Mir fiel in diesem Moment ein Erlebnis ein, das ich einmal in Oxford gehabt hatte. Ich saß am Flußufer und plauderte mit einem Mädchen, als plötzlich ein Hund, ein Baskerville, auf mich zugeschossen kam, allem Anschein nach mit sehr unfreundlichen Absichten. Ich befahl meine Seele samt meiner teuren Flanellhose bereits Gott, als das Mädchen plötzlich einen bunten japanischen Schirm aufspannte, an dem der Hund seinen Kopf einrannte, worauf er drei Purzelbäume schoß und sich winselnd zurückzog.

Ich erzähle diese Geschichte, um Tante Dahlias Reaktion zu beschreiben, die ähnlich war wie die des Hundes – allerdings ohne Purzelbäume. Sie selbst verglich ihre Gefühle mit jenen, die sie erlebt hatte, als sie mit ihrem Hund Pytchley bei Regen über ein gepflügtes Feld ging. Plötzlich ritt ein Sportsfreund vorbei, der seinem Pferd die Sporen gab und Tante Dahlia mit drei Pfund Schlamm im Gesicht zurückließ.

Sie schluckte wie eine Bulldogge, der das erbeutete Riesensteak im Hals steckengeblieben ist.

»Sie meinen, es gibt zwei Puddings?«

»Richtig.«

»Und Wilbert ist gar nicht der, den ich meine?«

»Sie haben es endlich erfaßt und werden zugeben müssen, meine liebe Dahlia, daß Sie sich völlig unnötigerweise Sorgen gemacht haben«, näselte er salbungsvoll. »Ich könnte Phyllis keinen besseren Mann wünschen. Er sieht gut aus, ist intelligent, hat Charakter... und um seine Zukunft braucht man sich keine Sorgen zu machen«, sagte er und ließ die Worte wie alten Portwein auf der Zunge zergehen. »Sein Vater ist mindestens zwanzig Millionen Dollar schwer, und Wilbert ist der ältere Sohn. Doch ja, diese Verbindung ist höchst zufriedenstellend...«

Während er sprach, läutete das Telefon, und er lief ins Haus zurück – wie ein Hase in seinen Bau.

18

Meine Tante war wie vom Donner gerührt und rang mühsam nach Worten.

»Von allen verfluchten Unsinnigkeiten die idiotischste!« brüllte sie zu meiner großen Erleichterung, als sie die Sprache wiedergefunden hatte. »Von einer Million verdammter Namen fiel den hirnverbrannten Puddings nichts Besseres ein, als den einen lausigen Sohn Wilbert, den anderen Wilfred zu taufen und beide Kerle Willie zu rufen. Wer rechnet schon mit soviel Schwachsinn?!«

Ich bat Tante Dahlia ein weiteres Mal, auf ihren Blutdruck zu achten und sich nicht so aufzuregen, aber davon wollte sie nichts hören.

»Du würdest dich auch aufregen, wenn Upjohn dich gerade übertrumpft hätte! Sein scheußlich selbstzufriedener Blick dabei, als würde er einen pickligen Schüler in seiner verdammten Schule zurechtweisen, weil er in der Kirche mit den Füßen gescharrt hat!«

»Komisch, Tante Dahlia«, erwiderte ich nachdenklich. »Dieser Zufall! Er hat mich tatsächlich einmal wegen eines solchen Vergehens gerügt. Und Pickel hatte ich auch.«

»Ein aufgeblasener Esel!«

»Wie klein unsere Welt ist.«

»Was treibt dieser Kerl überhaupt hier? Ich habe ihn nicht eingeladen.«

»Wirf ihn raus. Das habe ich schon einmal vorgeschlagen, falls du dich erinnerst.«

»Wenn er mich noch einmal dumm anredet, fliegt er raus.«

»Ich sehe, du bist heute geladen.«

»Mindestens auf zehntausend Volt... O Gott! Da kommt er schon wieder.«

Tatsächlich kam Aubrey Upjohn jetzt von der Terrasse her auf uns zu. Er blickte keineswegs mehr hochmütig drein, was Tante Dahlia noch vor kurzem so aufgeregt hatte, sondern eher grimmig und feindselig.

»Dahlia!« sagte er voller Empörung.

Tante Dahlias Blick war um keinen Deut liebenswürdiger.

»Was ist nun schon wieder?« brummte sie.

Aubrey Upjohn schien jetzt seinerseits nach Worten zu suchen.

»Ich habe gerade mit meinem Rechtsanwalt gesprochen«, brachte er endlich hervor. »Ich hatte ihn gebeten, den Namen des Rezensenten zu ermitteln, der diese bösartige Kritik meines Buches verfaßt hat. Und soeben hat er mir mitgeteilt, daß mein früherer Schüler Reginald Herring den Artikel geschrieben hat.«

Er legte eine kleine Pause ein. Mein Mut sank. Tante Dahlia aber ließ sich nicht im geringsten beeindrucken.

»Na und?« fragte sie mürrisch.

Upjohns Augen zuckten nervös, als hätte er eine andere Antwort erwartet.

»Ist das alles, was Ihnen dazu einfällt?«

»Ja.«

»So? Nun gut. Ich werde jedenfalls die Zeitung verklagen, und außerdem lehne ich es ab, noch länger mit Herring unter einem Dach zu wohnen. Entweder geht er oder ich.«

Es herrschte plötzlich eine seltsam spannungsgeladene Stille, die man, wenn man vom Wetter spricht, als Ruhe vor dem Sturm bezeichnet. Eine Stille, die man bis in die Zehenspitzen fühlt und die einem kalte Schauer über den Rücken jagt. Ich beobachtete besorgt, wie sich Tante Dahlia gleichsam wie ein Ballon aufblähte, und war vorsichtig genug, sie jetzt nicht an ihren Blutdruck zu erinnern.

»Wie bitte?« fragte sie.

Er wiederholte sein Ultimatum.

»So?« bemerkte Tante Dahlia eisig und erniedrigte Upjohn mit einem einzigen Blick zu einem miesen kleinen Wurm. Das war Tante Dahlia, wie sie leibt und lebt. Man kann mit ihr Pferde stehlen; aber wenn man sie reizt, ist sie schrecklich in ihrem Zorn. »Sie haben also beschlossen, meine Gästeliste zu redigieren. Sie besitzen die Frechheit, mir vorzuschreiben, wer meine Gastfreundschaft genießen darf und wer nicht! Bitte sehr, wenn Sie nicht dieselbe Luft wie meine Freunde atmen wollen, so ziehen Sie die Konsequenzen. In Market Snodsbury gibt es einen Gasthof.«

»Er wird im Reiseführer des Automobilklubs lobend erwähnt«, ergänzte ich.

»Ich werde mich dort einmieten«, schnaubte Upjohn wütend. »Auf der Stelle. Wenn Sie die Güte hätten, Ihren Butler zu informieren, daß er meine Koffer packt...«

Er verließ uns, und Tante Dahlia schritt hocherhobenen Hauptes in Onkel Toms Arbeitszimmer. Ich folgte ihr. Dann läutete sie.

Jeeves erschien.

»Jeeves?« bemerkte sie überrascht. »Ich habe nach...«

»Sir Roderick hat heute seinen freien Nachmittag, Madam!«

»So? Wenn es Ihnen nichts ausmacht, würden Sie bitte Mr. Upjohns Koffer packen, Jeeves? Er verläßt uns.«

»Jawohl, Madam.«

»Und du kannst ihn nach Market Snodsbury fahren, Bertie.«

»Wird erledigt, liebe Tante.«

Wenngleich mir der Auftrag nicht besonders gefiel, so übernahm ich ihn ohne Murren, um den Zorn meiner sonst liebenswürdigen Tante nicht noch mehr zu schüren.

Sicher ist sicher, heißt einer der Grundsätze der Woosters.

19

Von Brinkley Court nach Market Snodsbury ist es kaum mehr als ein Katzensprung, so daß ich im Handumdrehen wieder zurück war, nachdem ich Upjohn vor dem Gasthof abgesetzt hatte. Der Abschied war entsprechend kühl, und wenn ich nicht über Reginalds Lage bekümmert gewesen wäre, hätte ich jetzt vielleicht gejubelt vor Freude.

Ich sah keinen Ausweg für Reginald. Seine Lage war verzweifelt. Unterwegs hatte Upjohn kein Wort gesprochen, aber die grimmigen Seitenblicke, die er mir zuwarf, boten keinen Anlaß, auf eine freundliche Zukunft zu hoffen.

Nachdem ich den Wagen in die Garage gefahren hatte, ging ich sofort zu Tante Dahlia in den Salon, um mich zu vergewissern, daß sie sich beruhigt hatte. Ihr Blutdruck machte mich ehrlich besorgt, und ich fürchtete, der Schlag könnte sie treffen.

Sie war nicht im Salon, sondern, wie ich später erfuhr, in ihrem Zimmer, um ihre Schläfen mit Kölnisch Wasser einzureiben und sich durch Yoga-Übungen zu entspannen. Aber Bobbie war da und – Jeeves. Ich kam dazu, als er Bobbie einen dicken Briefumschlag überreichte.

»Oh, Jeeves, Sie haben ein Menschenleben gerettet!« rief sie überschwenglich, und mein Butler antwortete: »Nicht der Rede wert, Miss.«

Den tieferen Sinn dieser Worte begriff ich nicht,

aber ich war auch nicht in der Stimmung, um mich mit Fragen nach dem Sinn zu befassen.

»Wo ist Reginald?« fragte ich und wunderte mich, warum Bobbie vor Freude durch den Raum hüpfte.

»Reggie?« Sie sprühte vor Heiterkeit. »Er ist spazierengegangen.«

»Weiß er, daß Upjohn herausgefunden hat, wer die Rezension verfaßt hat?«

»Ja, deine Tante hat es ihm gesagt.«

»Dann müssen wir sofort die Lage besprechen.«

»Wegen der Klage? Das ist fast erledigt. Jeeves hat das rhetorische Meisterwerk konfisziert.«

Mit dieser Antwort konnte ich nichts anfangen. Für mich sprach Bobbie wieder einmal in Rätseln.

»Haben Sie Schwierigkeiten mit der Rhetorik, Jeeves?«

»Nein, Sir.«

»Dann weihen Sie mich bitte ein, was die junge Dame meint.«

»Miss Wickhams Anspielung bezieht sich auf das Manuskript von Mr. Upjohns Rede, die er morgen in Market Snodsbury anläßlich der Preisverleihung in der Höheren Schule halten soll, Sir.«

»Und Sie haben sie entwendet?«

»Genau, Sir.«

Ich konnte es nicht fassen.

»Sie meinen …?«

»Ja, er meint«, mischte sich Bobbie ein und übte sich im klassischen Ballett. »Deine Tante bat ihn,

Upjohns Koffer zu packen, und dabei fiel ihm das Manuskript in die Hände. Er ließ es sofort verschwinden, und jetzt habe ich es.«

Ich hob skeptisch eine Augenbraue.

»Also, Jeeves!«

»Ich hielt es für das beste, Sir.«

»Sie hielten es mit Recht für das beste, Jeeves!« rief Bobbie fröhlich und drehte eine Pirouette à la Nijinsky, wenn ich ihre graziöse Drehung richtig beurteile. »Entweder zieht Upjohn die Klage zurück, oder er bekommt sein Manuskript nicht, ohne das er morgen stumm wie ein Fisch sein wird. Er wird sich auf den Handel einlassen müssen, nicht wahr, Jeeves?«

»Ihm wird keine andere Wahl bleiben, Miss.«

»Wir haben ihn in der Hand.«

»Einen Moment noch.« Ich zögerte. Eigentlich wollte ich Bobbies Freude nicht trüben, aber andererseits hatte ich Bedenken.

»Die Idee ist großartig, das gebe ich zu. Tante Dahlia erzählte mir von Upjohns Abhängigkeit vom aufgeschriebenen Wort. Aber wenn er nun behauptet, er sei krank und könne nicht reden?«

»Das wird er nicht.«

»Ich würde es tun.«

»Du willst auch nicht in Market Snodsbury für die Konservative Partei kandidieren. Der Wahlausschuß wird nämlich morgen ziemlich vollzählig erscheinen, weil fast jeder, der ihm angehört, einen

Sohn in der Schule hat, und man wartet geradezu ungeduldig auf Upjohns Feuerprobe als Redner. Der letzte Kandidat hat gestottert, und das stellte man erst fest, als er bereits nominiert war und Wahlreden halten sollte. Diesen Reinfall möchte man nicht ein zweites Mal erleben.«

»Ja, richtig. Jetzt verstehe ich«, sagte ich und erinnerte mich, daß mir Tante Dahlia von Upjohns politischen Plänen erzählt hatte.

»Soviel steht fest: Seine Zukunft hängt von dieser Rede ab, die wir in Händen haben.«

»Und wie geht es weiter?«

»Sehr einfach. Er muß demnächst anrufen. Du gehst ans Telefon und sagst ihm, wie die Aktien stehen.«

»Ich?«

»Ganz richtig.«

»Jeeves hält es für das beste.«

»Wirklich, Jeeves? Warum nicht Reginald?«

»Mr. Herring und Mr. Upjohn sprechen nicht miteinander, Sir.«

»Du kannst dir denken, wie er reagiert, wenn er Reggies Stimme hört: Er legt den Hörer auf, und wir sind so weit wie zuvor. Dir aber wird er sein Ohr leihen.«

»Verflixt!«

»Außerdem ist Reggie jetzt nicht zu erreichen, er ist spazierengegangen. Sei nicht immer so schwierig, Bertie. Deine Tante hat mir erzählt, daß du schon als Kind immer so widerspenstig wie Jonas' Esel warst.«

Das konnte ich nun wirklich nicht durchgehen lassen. In der Bibel kenne ich mich schließlich aus.

»Du meinst Balaams Eselin. Jonas erlebte ein Abenteuer mit dem Walfisch, Jeeves!«

»Sir?«

»War es nicht Balaam, der zu seiner Eselin sagte: ›Ach, daß ich jetzt ein Schwert in der Hand hätte, ich wollte dich erwürgen.‹«

»Ja, Sir.«

»Schade, daß ich keins habe«, sagte ich und sah dabei Bobbie an, als das Telefon läutete. Der Schreck fuhr mir in alle Glieder, denn ich wußte, was mir bevorstand.

Auch Bobbie war aufgeregt.

»Nun los!« drängelte sie. »Kundschaft am Apparat. Nimm den Hörer, Bertie, und spuck in die Hände. Das bringt Glück.«

Ich erwähnte bereits, daß ich Wachs in den Händen von Frauen bin, und auch jetzt unternahm ich nichts gegen diese Schwäche. Außer den Niagarafall in einer Tonne zu überqueren konnte ich mir nichts Unangenehmeres vorstellen als ein Gespräch mit Aubrey Upjohn. Aber mir blieb keine Wahl. Und wenn ich schon ein Kavalier sein wollte, dann gehörte auch eine ordentliche Portion Mut dazu, wie der Seigneur de Bayard, der ›Ritter ohne Furcht und Tadel‹, zu sagen pflegte. Und er sagte es nicht nur, sondern bewies es auch durch seine mutigen Taten für drei französische Könige.

Als ich mich aber dem Telefon näherte und den Hörer schließlich von der Gabel abhob, waren die hehren Taten jenes berühmten Helden, der um die Wende vom fünfzehnten zum sechzehnten Jahrhundert gelebt hat, leider vergessen. Der letzte Mut verließ mich, als ich Upjohns Stimme hörte, die noch zorniger klang als damals in Malvern House, nachdem ich die Tinte mit Brausepulver veredelt hatte.

»Hallo? Hallo? Hallo? So melden Sie sich doch endlich. Hier spricht Aubrey Upjohn.«

Ich hatte oft gehört, daß tiefes Einatmen die Nerven beruhigt, und richtete mich danach. Sechs tiefe Atemzüge, die ich mir genehmigte, dauerten natürlich eine gewisse Zeit, während der Upjohn noch wütender wurde. Ich hatte den Eindruck, daß am anderen Ende der Leitung ein grimmiges Raubtier lauerte, das böse fauchte: »Bin ich mit Brinkley Court verbunden?«

Das konnte ich glaubhaft bestätigen.

»Wer sind Sie?«

Ich mußte einen Moment lang überlegen, dann fiel es mir ein: »Hier spricht Wooster, Mr. Upjohn.«

»Also, Wooster, hören Sie aufmerksam zu.«

Ich erinnerte mich an frühere entsprechende Ermahnungen aus seinem Munde.

»Ja, Mr. Upjohn. Wie gefällt Ihnen denn der Gasthof? Recht gemütlich, nicht wahr?«

»Was sagten Sie?«

»Ich habe mich nach Ihrem Gasthof erkundigt.«

»Das ist jetzt unwichtig.«

»Ganz recht, Mr. Upjohn.«

»Ich muß dringend den Mann sprechen, der meine Sachen gepackt hat.«

»Jeeves.«

»Was?«

»Jeeves.«

»Was heißt Jeeves?«

»Jeeves.«

»Was soll der Unsinn. Sagen Sie mir auf der Stelle, wer meine Sachen gepackt hat.«

»Jeeves.«

»Oh, jetzt verstehe ich. Ist das der Name des Mannes?«

»Ja, Mr. Upjohn.«

»Er hat vergessen, meine kleinen Notizen für meine morgige Rede zur Preisverleihung in der Schule von Market Snodsbury einzupacken.«

»In der Tat! Kein Wunder, daß Sie sauer sind.«

»Welche Sau?«

»Sauer.«

»Was?«

»Sau mit er, sauer wie eine Zitrone.«

»Wooster!«

»Ja, Mr. Upjohn?«

»Sind Sie krank?«

»Nein, Mr. Upjohn.«

»Dann lassen Sie gefälligst den Unsinn.«

»Ja, Mr. Upjohn.«

»Sofort, habe ich gesagt! Stehen Sie nicht herum, und blöken Sie nicht ständig: ›Ja, Mr. Upjohn.‹ «

»Nein, Mr. Upjohn.«

»Ich befehle Ihnen, daß Sie mir sofort die eben beschriebenen Notizen beschaffen.«

»Ja, Mr. Upjohn.«

Ich muß gestehen, daß meine Leistung keineswegs überragend war und daß die beiden unmittelbaren Zeugen des Gesprächs an meiner Mutlosigkeit verzweifeln mußten. Sicherlich konnten sie nicht anders als den Erfolg gefährdet sehen; aber ich ärgerte mich trotzdem, als Bobbie, die neben mir stand, laut und für Upjohn vernehmlich »Wurm!« zischte.

»Wie nannten Sie mich?« fragte Upjohn.

»Ich nannte Sie gar nichts. Jemand nannte mich etwas.«

»Ich möchte diesen Jeeves sprechen.«

Bobbie entriß mir den Hörer.

»Das möchten Sie wohl gern, nicht wahr?« fragte sie. »Aber Sie werden mit mir vorliebnehmen. Hier spricht Roberta Wickham, Upjohn. Vielleicht hören Sie mir erst einen Moment zu.«

Es gab so manches, was ich an der karottenköpfigen Jezabel, wie Bobbie manchmal genannt wurde, nicht ausstehen konnte, aber eins mußte ich ihr lassen: Sie kannte den richtigen Ton, den man bei Privatschullehrern im Ruhestand anzuschlagen hat. Natürlich war sie nicht durch einen vierjährigen Aufenthalt in Malvern House, Bramley-on-Sea, vorbelastet und hatte diesen Frankenstein erst als halben Tattergreis kennengelernt. Doch trotz dieser Abstriche war ihre Darbietung eine Glanzleistung.

»Hören Sie, alter Gauner«, begann sie und skizzierte dann in kurzen, knappen Worten die Situation, wie sie sich für beide Seiten darstellte. Ich stand ziemlich dicht hinter Bobbie und hörte ein dröhnendes Geräusch, das aus der Hörmuschel drang. Upjohn protestierte offenbar wutentbrannt, aber es half ihm nichts, Bobbie blieb hart. Allmählich ließen die Geräusche im Hörer nach, und ich vernahm nur noch Bobbies Stimme. Er hatte ohne Zweifel eingesehen, daß er in der Falle saß.

»Das ist fein«, erklärte Bobbie jetzt. »Ich wußte doch, daß wir uns einigen werden. Wir können uns kurz fassen. Hoffentlich haben Sie genügend Tinte in Ihrem Füllfederhalter.«

Sie hängte ein und stürmte aus dem Salon. Dabei stieß sie animalische Freudenschreie aus. Ich wandte mich Jeeves zu, wie so oft, wenn ich die Handlungen irgendeiner, meistens aber dieser besonderen Vertreterin des anderen Geschlechts nicht verstand.

»Frauen, Jeeves!«

»Ja, Sir.«

»Haben Sie das verstanden?«

»Ja, Sir.«

»Ich kann mir denken, daß Upjohn abgeschworen hat... Wie geht das überhaupt?«

»Abschwören ist kein Einverständnis, Sir. Upjohn aber ist einverstanden.«

»Er zieht die Klage zurück?«

»Ja, Sir. Und Miss Wickham besteht auf einem schriftlichen Widerruf.«

»Damit er uns nicht reinlegt?«

»Genau, Sir.«

»Sie denkt an alles.«

»Ja, Sir.«

»Sie war in Höchstform.«

»Ja, Sir.«

»Das macht das rote Haar, denke ich.«

»Ja, Sir.«

»Wenn mir je ein Mensch erzählt hätte, ich würde erleben, wie Upjohn mit ›alter Gauner‹ angefahren wird...«

Ich hätte noch weiter geredet, aber die Tür wurde geöffnet, und Adela Pudding betrat den Salon. Jeeves entfernte sich diskret, wie immer, wenn Leute von Rang erscheinen und er zum Bleiben nicht ausdrücklich aufgefordert wird.

20

Adela Pudding war gerade aus Birmingham zurückgekehrt, wo sie sich mit Freunden zum Mittagessen getroffen hatte, und ich sah sie das erste Mal an diesem Tag. Irgend etwas gefiel mir nicht an ihr. Die Ähnlichkeit mit Sherlock Holmes war stärker als je zuvor, und ich hatte das Gefühl, daß es Ärger geben würde.

»Da sind Sie ja, Mr. Wooster. Ich habe Sie gesucht«, sagte sie und sah mich durchdringend an.

»Sie möchten mich sprechen?«

»Ja. Ich wollte Sie fragen, ob Sie mir jetzt endlich glauben.«

»Wie bitte?«

»Jener Butler.«

»Was ist mit ihm?«

»Das will ich Ihnen erzählen. Aber an Ihrer Stelle würde ich mich setzen, die Geschichte ist lang.«

Ich ließ mich nicht lange nötigen und nahm in einem Sessel Platz. Die Knie zitterten mir etwas.

»Sie erinnern sich vielleicht, daß ich ihm von Anfang an mißtraut habe.«

»O ja. Das stimmt.«

»Ich sprach von seiner Verbrecherphysiognomie.«

»Aber für sein Gesicht kann er doch nichts.«

»Er kann etwas dafür, daß er ein Dieb und ein Betrüger ist. Er nennt sich Butler, nicht wahr? Die Polizei wird uns sagen, wer er ist. Butler ist er genausowenig wie Sie oder ich.«

Ich tat mein Bestes.

»Aber denken Sie doch an seine Zeugnisse.«

»An die denke ich gerade.«

»Er hätte nicht bei Sir Roderick Glossop Butler sein können, wenn er unehrlich wäre.«

»Er war es auch nicht.«

»Aber Bobbie sagte...«

»Ich erinnere mich sehr gut an Miss Wickhams Worte. Sie sagte, er wäre jahrelang bei Sir Roderick Glossop gewesen.«

»Und?«

»Meinen Sie, daß das etwas beweist?«

»Gewiß.«

»Ich bin anderer Meinung und werde Ihnen erklären, warum. Sir Roderick hat eine große Klinik in Somersetshire. Der Ort heißt Chuffnell Regis, eine meiner Freundinnen ist gerade dort. Ich habe ihr geschrieben, sie solle sich bei Lady Glossop nach einem ehemaligen Butler Swordfish erkundigen. Und als ich jetzt aus Birmingham kam, fand ich einen Brief meiner Freundin vor. Darin schreibt sie, daß die Glossops nie einen Butler namens Swordfish gehabt hätten. Bitte sehr, da haben wir es.«

Die Woosters geben niemals auf. Also fuhr ich fort: »Sie kennen Lady Glossop nicht?«

»Selbstverständlich nicht, sonst hätte ich ihr persönlich geschrieben.«

»Eine charmante Frau. Aber leider hat sie ein Gedächtnis wie ein Sieb. Sie gehört zu der Art Frauen, die grundsätzlich im Theater einen Handschuh verlieren. Natürlich kann sie sich nicht an die Namen ihrer Butler erinnern. Vielleicht dachte sie an Fortheringay oder Bings oder an irgendwas. Diese Gedächtnislücke gibt es häufiger. Ich kannte in Oxford einen Mann namens Robinson. Neulich versuchte ich mich an ihn zu erinnern, kam aber nur bis Fosdyke. Als ich dann vor wenigen Tagen in der *Times* las, daß ein gewisser Herbert Robinson grün-gelb karierte Hosen gestohlen habe, fiel mir der Name plötzlich wieder ein, obwohl es sich um einen ganz anderen Robinson handelte. So wird sich auch Lady Glossop eines Morgens an die Stirn fassen und entzückt ausrufen: ›Swordfish! Natürlich! Und die ganze Zeit glaubte ich, er hieß Catbird.‹«

Sie rümpfte die Nase, und ich kann nicht behaupten, daß mir ihre Art gefiel. So verächtlich mußte Sherlock Holmes ausgesehen haben, als er dem Kerl, der den Rubin des Maharadschas geklaut hatte, die Handschellen anlegte.

»Sie behaupten, daß er ein ehrlicher Bursche ist? Wie erklären Sie sich dann, daß ein wertvolles Milchkännchen, das Willie von Mr. Travers gekauft hat, aus seinem Zimmer verschwunden ist? Willie hat mir gerade von diesem Diebstahl erzählt. Sie werden nicht glauben, wo sich das Milchkännchen jetzt befindet: Es ist in Swordfishs Zimmer, wohlverwahrt unter seinen sauberen Hemden in einer Schublade.«

Wenn ich soeben noch behauptet habe, die Woosters geben niemals auf, so ist mir ein unverzeihlicher Irrtum unterlaufen. Diese Worte von Adela Pudding trafen mich wie ein Keulenschlag und lähmten jeglichen Kampfgeist in mir.

»So?« fragte ich und heuchelte Erstaunen. Aber etwas Besseres fiel mir nicht ein.

»Ja, Sir, genau am angegebenen Ort finden Sie das Diebesgut. Als Willie mir erzählte, daß sein Milchkännchen verschwunden sei, wußte ich sofort, wo es hingekommen war. Ich ging in Swordfishs Zimmer, suchte und fand es. Ich habe die Polizei verständigt.«

Ich starrte Mrs. Pudding ungläubig an.

»Sie haben die Polizei gerufen?«

»Ja. Man schickt einen Sergeanten. Er müßte jeden Augenblick hier sein. Indessen werde ich mich vor Swordfishs Zimmertür aufbauen, damit das Beweisstück nicht auf die Wanderschaft geht. Ich will nicht sagen, daß ich Ihnen überhaupt nicht traue, Mr. Wooster, aber die Art, wie Sie diesen Burschen verteidigt haben, gefällt mir nicht. Für meinen Geschmack waren Sie ihm gegenüber viel zu freundlich.«

»Vielleicht hat er nur einer plötzlichen Versuchung nachgegeben?«

»Unsinn. Vermutlich hat er sein ganzes Leben

nichts anderes getan. Ich könnte wetten, er hat schon als kleiner Junge geklaut.«

»Nur Kekse.«

»Wie bitte?«

»Kekse oder Crackers, wie Sie in Amerika sagen. Er erzählte mir einmal, daß er während seiner Schulzeit hin und wieder einen Keks stibitzt hat.«

»Bitte sehr, da haben Sie es. Mit Crackers fängt es an, die Silberkännchen kommen von alleine. So ist es nun mal im Leben«, sagte sie und entfernte sich eilig, um ihren Wachtposten zu beziehen. Ich ärgerte mich, daß ich vergessen hatte, an ihr Mitleid zu appellieren. Vielleicht wäre es mir gelungen, Adela Pudding zu besänftigen.

Ich grübelte noch über diesen und jenen Aspekt nach und versuchte eine Lösung zu finden, als Bobbie und Tante Dahlia freudestrahlend den Salon betraten.

»Roberta sagt, Upjohn zieht die Klage zurück«, verkündete Tante Dahlia. »Ich platze vor Neugierde, wie sie das geschafft hat.«

»Ich habe nur an seine menschlichen Gefühle appelliert«, sagte Bobbie und warf mir einen bedeutungsvollen Blick zu. Ich verstand die Botschaft. Tante Dahlia durfte nicht erfahren, daß Upjohns morgiger Auftritt einen Moment lang gefährdet gewesen war. »Ich hielt ihm einen Vortrag über Gnade und Verzeihung... Was ist los, Bertie?«

»Nichts. Ich staune nur.«

»Worüber?«

»Brinkley Court bietet im Moment genügend Anlaß, nicht wahr? Du sprachst gerade von Gnade.«

»Ja. Das ist doch nicht unnatürlich.«

»Ich glaube nicht.«

»Und falls du es nicht wissen solltest: Die Gnade ist doppelt segensreich, weil sie den Gnadenspender ehrt. Ich fuhr also zum Gasthof und erklärte Upjohn diese Gedankengänge. Er war sehr einsichtig, und jetzt ist alles in Ordnung.«

Ich versuchte zu lachen, aber was herauskam, war eher ein Hustenanfall.

Tante Dahlias Frage, ob ich meine Mandeln verschluckt hätte, verneinte ich. »Nein, es war nur der vergebliche Versuch zu lachen, nachdem Bobbie so vermessen war zu behaupten, jetzt wäre alles in Ordnung. Die Katastrophe kommt erst. Wenn ihr hört, was ich euch zu erzählen habe, werdet ihr das Gruseln lernen.« Und ohne Umschweife berichtete ich, was inzwischen vorgefallen war.

Wie ich ganz richtig vorausgesehen hatte, erschütterte sie die Nachricht schwer. Tante Dahlia sah aus, als wäre sie von einem stumpfen Gegenstand am Hinterkopf getroffen worden, und Bobbie wankte, als hätte sie einen elektrischen Schlag bekommen.

»Ihr seht, was auf uns zukommt«, fuhr ich fort. »Glossop wird von seinem freien Nachmittag zurückkommen und mit Handschellen empfangen werden. Wir können nicht erwarten, daß er seine Hände ausstreckt und sich schweigend abführen läßt. ›Das ist wahr‹, wird er sagen, ›ich habe das Milchkännchen aus Wilbert Puddings Zimmer geholt, weil ich dachte, daß er es von Mr. Travers gestohlen hat.‹ Er wird seine Identität enthüllen und den wahren Grund angeben, weshalb man ihn engagiert hat – und das alles vor Adela Pudding. Die Folge? Der Sergeant wird Glossop die Handschellen abnehmen, und Adela Pudding wird höflich fragen, ob sie telefonieren darf. Homer Pudding wird sich ihre Geschichte anhören, und wenn Onkel Tom später bei ihm vorbeischaut, wird er ihn mit verschränkten Armen und abweisender Miene empfangen. ›Travers‹, wird Mr. Pudding sagen, ›unser Geschäft ist geplatzt.‹ – ›Geplatzt?‹ wird Onkel Tom stammeln. ›Ja, geplatzt. Ich verhandle nicht mit Leuten, in deren Häusern Irrenärzte zur Beobachtung meines Sohnes den Butler mimen.‹«

Tante Dahlia hatte sich in einen Sessel fallen lassen. Ihr Gesicht war purpurrot, wie immer, wenn sie sich aufregte.

»Jetzt können wir nur noch auf ein überirdisches Eingreifen hoffen«, sagte ich.

»Du hast recht«, antwortete Tante Dahlia und runzelte die Stirn. »Geh und hol Jeeves, Roberta. Und du, Bertie, setzt dich in dein Auto und suchst Glossop. Er muß doch zu finden sein. Los, los, bewegt euch, worauf wartet ihr?«

Eigentlich hatte ich auf nichts Bestimmtes gewartet. Ich dachte nur daran, daß mein Auftrag genausogut hätte lauten können, eine Nadel im Heuhaufen zu finden. Die Wahrscheinlichkeit war gering, ihm zufällig im schönen Worcestershire zu begegnen.

Ich behielt aber meine Bedenken für mich und sagte: »Ich werde mein Glück versuchen.«

21

Wie ich es nicht anders erwartet hatte, blieb meine Suche erfolglos. Eine Stunde lang bemühte ich mich ernsthaft, Glossop zu finden, dann aber sagte mir ein leeres Gefühl in der Magengegend, daß die Zeit zum Dinner nahte, und ich kehrte unverrichteterdinge um.

Wieder in Brinkley Court, traf ich Bobbie im Salon. Sie sah aus, als wartete sie auf etwas, und während sie mir versprach, daß die Cocktails gleich serviert würden, ahnte ich, was es war.

»Cocktails? Ich könnte vielleicht etwas Schärferes vertragen«, sagte ich. »Meine Suche blieb fruchtlos. Ich konnte Glossop nirgends finden. Selbstverständlich muß er irgendwo stecken, aber Worcestershire bewahrt sein Geheimnis gut.«

»Glossop?« fragte sie und schien überrascht. »Oh, der ist schon seit Ewigkeiten wieder zurück.«

Die Ruhe, mit der sie sprach, erstaunte mich.

»Großer Gott! Das ist das Ende.«

»Was ist los?«

»Hat man ihn verhaftet?«

»Natürlich nicht. Er sagte, wer er ist, und erklärte alles.«

»Oh, verdammt.«

»Warum regst du dich bloß auf? Ach so, ich habe vergessen, du kennst ja noch nicht die neuesten Entwicklungen. Jeeves hat die Lösung gefunden.«

»Wirklich?«

»Sozusagen aus dem Ärmel geschüttelt. Es war wirklich so einfach. Ich wundere mich, daß wir nicht selbt darauf kamen. Auf Jeeves' Rat hin enthüllte Glossop seine Identität und behauptete, deine Tante hätte ihn hergebracht, damit er *dich* beobachte.«

Mir wurde schwindlig. Vielleicht wäre ich sogar hingefallen, wenn ich nicht schnell ein Foto von Onkel Tom, das in der Nähe auf einem Tisch stand, gegriffen und festgehalten hätte.

»Nein!«

»Mrs. Pudding war sofort überzeugt. Deine Tante erklärte, daß sie sich schon lange Sorgen um dich machte, weil du dich so sonderbar benimmst, an Regenrohren hinunterrutschst und dreiundzwanzig Katzen in deinem Zimmer hältst. Mrs. Pudding aber erinnerte sich an deine Mäusejagd im Zimmer ihres Sohnes und meinte, es wäre höchste Zeit, daß sich ein erfahrener Arzt wie Glossop um dich kümmert. Sie war sehr erleichtert, als Glossop ihr versicherte, daß beste Aussichten für eine Heilung bestünden. Dann sagte sie, wir müßten alle sehr, sehr nett zu dir sein. So ist alles wieder in bester Ordnung. Eine elegante Lösung, nicht wahr?« Sie lachte fröhlich.

Die Versuchung war groß, Bobbie zu packen und tüchtig durchzuschütteln. Ob ich es getan hätte, kann ich heute nicht mehr mit Sicherheit sagen. Der ritterliche Geist der Woosters hätte mich vielleicht im letzten Moment noch zurückgehalten, so sehr mich ihr fröhliches Gelächter auch erboste. Auf jeden Fall kam es nicht dazu, weil Jeeves in diesem Moment hereinkam. Er trug ein Tablett, auf dem Gläser standen, und einen Mixer, der bis an den Rand mit dem köstlichen Saft der Wacholderbeere gefüllt war. Bobbie leerte ihr Glas sehr schnell und verließ uns. Sie müßte sich sofort umziehen, sonst käme sie zum Dinner zu spät, sagte sie.

Jeeves und ich blieben allein zurück – wie Helden in einem jener Filme, wo sich zwei starke Männer gegenüberstehen und das Recht des Stärkeren gilt.

»Nun, Jeeves?« sagte ich.

»Sir?«

»Miss Wickham hat mir alles erzählt.«

»Ach ja, Sir.«

»Die Worte ›Ach ja, Sir‹, kommentieren das Geschehene keineswegs erschöpfend. Das ist eine schöne Bescherung! Dank Ihrer tatkräftigen Hilfe…«

»Ja, Sir.«

»Sagen sie nicht immer ›Ja, Sir!‹ Dank Ihrer Hilfe wird mich jetzt alle Welt behandeln, als hätte ich nicht alle Tassen im Schrank.«

»Nicht alle Welt, Sir. Nur die derzeitigen Gäste von Brinkley Court.«

»Sie haben mich als Verrückten hingestellt.«

»Es gab keine andere Lösung, Sir.«

»Ich finde es erstaunlich, daß Sie mit dieser billigen Lösung Erfolg hatten«, sagte ich, um ihn zu kränken.

»Sir?«

»In Ihrer Geschichte ist eine Lücke.«

»Sir?«

»Es bringt nichts ein, herumzustehen und immer nur ›Sir‹ zu sagen, Jeeves. Das Milchkännchen wurde in Glossops Zimmer gefunden, nicht in meinem. Wie hat er diesen Umstand erklärt?«

»Auf meinen Vorschlag hin sagte er, Sir, er habe es in *Ihrem* Zimmer gefunden. Sie hätten das Kännchen dort versteckt, nachdem Sie es Mr. Pudding entwendet hätten.«

Ich war entsetzt und stammelte hilflos: »Soll das heißen, daß ich nicht nur als Irrer, sondern auch als Klept… Kleptomane abgestempelt bin?«

»Lediglich bei den derzeitigen Gästen von Brinkley Court, Sir.«

»Das behaupten *Sie,* Jeeves. Sie glauben doch nicht im Ernst, daß sich die Puddings diskret zurückhalten werden? Von diesem Erlebnis werden sie noch jahrelang zehren. Wenn sie erst wieder in Amerika sind, werden sie die Geschichte von der Ostküste bis zur Westküste unter die Leute bringen – mit dem Ergebnis, daß ich mich drüben kaum noch blicken lassen kann. Wenn ich ein Haus betrete, wird man mich scharf beobachten, und wenn ich es verlasse, die Löffel zählen. Ist Ihnen bewußt, daß ich in wenigen Minuten beim Dinner Mrs. Pudding ertragen muß, die ›sehr, sehr freundlich‹ zu mir sein wird? Ich bin ein Wooster, Jeeves, und ich habe meinen Stolz.«

»Mein Rat, Sir, stärken Sie sich für die Feuerprobe.«

»Wie?«

»Es gibt immerhin Cocktails, Sir. Darf ich einschenken?«

»Sie dürfen.«

»Und denken Sie daran, was Montesquieu einst sagte, Sir.«

»Was sagte er?«

»Um Erfolg zu haben, muß man närrisch scheinen und weise sein. Sie haben immerhin die Genugtuung, sich mit Erfolg für die Interessen Ihres Onkels geopfert zu haben.«

Jeeves war es gelungen, mich zu besänftigen. Ich erinnerte mich an jene kleinen Geldgeschenke von Onkel Tom während der kargen Tage in Malvern House und war gerührt.

»Wie recht Sie doch haben, Jeeves!«